實^{新版}
用視聽華語 Vol.1

PRACTICAL
AUDIO-VISUAL
CHINESE
STUDENT'S WORKBOOK
3RD EDITION

學生作業簿

正中書局

CONTENTS 目錄

第 1 課　您貴姓？

NEW CHARACTERS

Character & Pronunciation	Radical	Stroke Order							
您 nín	心	ノ	イ	イ	仁	竹	你	你	您
		您	您						
貴 guì	貝	丶	冖	口	中	虫	串	串	青
		昔	貴	貴					
姓 xìng	女	く	女	女	女	如	妒	姓	姓
李 lǐ	木	一	十	才	木	本	李	李	
先 xiān	儿	ノ	⺊	牛	生	先	先		
生 shēng	生	ノ	⺊	⺊	牛	生			
王 wáng	玉	一	二	干	王				
我 wǒ	戈	丶	二	于	手	我	我	我	
叫 jiào	口	丨	口	口	叫	叫			
好 hǎo	女	女	女	妁	好				
是 shì	日	丶	口	日	日	旦	早	早	是	是
美 měi	羊	丶	丷	丷	兰	羊	羊	兰	美	美

Character & Pronunciation		Radical	Stroke Order								
國 ㄍㄨㄛˊ	guó	囗	㇑	冂	冂	冃	同	同	同	國	國
			國	國							
人 ㄖㄣˊ	rén	人	人	ノ	人						
嗎 ㄇㄚ˙	ma	口	丶	口	口	叮	吖	呀	咋	哷	嗎
			嗎	嗎	嗎	嗎					
不 ㄅㄨˋ	bù	一	一	丆	不	不					
英 ㄧㄥ	yīng	艹(艸)	丶	艹	艹	艹	苎	苦	苙	英	英
你 ㄋㄧˇ	nǐ	亻(人)	ノ	亻	亻	伅	价	你	你		
什 ㄕㄣˊ	shé	亻(人)	亻	仁	什						
麼 ㄇㄜ˙	me	麻	丶	亠	广	广	庁	庁	床	庥	府
			麻	麻	麿	麿	麼				
名 ㄇㄧㄥˊ	míng	口	ノ	ク	ク	タ	名	名			
字 ㄗˋ	zì	子	丶	丷	宀	宀	宁	字			
哪 ㄋㄚˇ	nǎ	口	口	叮	叮	叨	明	哪	哪	哪	

Character & Pronunciation		Radical	Stroke Order								
呢 ㄋㄜ	ne	口	口	叮	叮	叼	呢	呢			
中 ㄓㄨㄥ	zhōng	丨	丶	口	口	中					
他 ㄊㄚ	tā	亻(人)	亻	仁	仲	他					
她 ㄊㄚ	tā	女	女	如	如	她					
誰 ㄕㄟˊ	shéi	言	丶	亠	亖	言	言	言	言	訂	訂
			訂	訃	訐	詐	誰	誰			
台 ㄊㄞˊ	tái	口	ㄥ	ㄙ	台	台	台				
灣 ㄨㄢ	wān	氵(水)	丶	冫	氵	氵	氵	氵	氵	氵	氵
			氵	氵	氵	氵	氵	氵	氵	氵	氵
			氵	灣	灣	灣	灣	灣	灣		
華 ㄏㄨㄚˇ	huǎ	艹(艸)	丶	十	十	艹	丼	芇	芇	苲	莕
			莝	莝	華						
臺 ㄊㄞˊ	tái	至	一	十	士	吉	吉	吉	吉	亭	亭
			臺	臺	臺	臺	臺				

一 Please read the following sentences and add tone marks above the characters.

① 先生，您貴姓？

② 他姓什麼？叫什麼名字？是哪國人？

③ 我是中國人，你是美國人，她呢？

④ 我姓王，不姓李，誰姓李？

⑤ 王先生，您好，您是英國人嗎？

二 Transcribe the following sentences into Chinese characters.

① ㄋㄧㄣˊ ㄍㄨㄟˋ ㄒㄧㄥˋ ？

Nín guìxìng?
Nín guèising?

▶▶ _____

② ㄨㄤˊ ㄒㄧㄢ ㄕㄥ ㄕˋ ㄋㄟˇ ㄍㄨㄛˊ ㄖㄣˊ ？

Wáng Xiānshēng shì něiguó rén?
Wáng Siānshēng shìh něiguó rén?

▶▶ _____

ㄌㄧˇ ㄒㄧㄢ ㄕㄥ ㄏㄠˇ ㄇㄚ˙ ？

Lǐ Xiānshēng hǎo ma?

Lǐ Siānshēng hǎo ma?

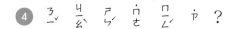 _____

 ㄋㄧˇ ㄐㄧㄠˋ ㄕㄣˊ ㄇㄜ˙ ㄇㄧㄥˊ ㄗ˙ ？

Nǐjiào shénme míngzi?

Nǐjiào shénme míngzih?

▶▶ _____

 ㄊㄚ ㄅㄨˊ ㄕˋ ㄧ ㄍㄨㄛˊ ㄖㄣˊ ， ㄋㄧˇ ㄋㄜ˙ ？

Tā búshì Yīngguó rén, nǐ ne?

Tā búshìh Yīngguó rén, nǐ ne?

▶▶ _____

 ㄨㄛˇ ㄕˋ ㄇㄟˇ ㄍㄨㄛˊ ㄖㄣˊ ， ㄋㄧˇ ㄋㄜ˙ ？

Wǒ shì Měiguó rén, nǐ ne?

Wǒ shìh Měiguó rén, nǐ ne?

▶▶ _____

 ㄊㄚ （She） ㄕˋ ㄕㄟˊ ？

Tā (She) shì shéi?

Tā (She) shìh shéi?

▶▶ _____

8 ㄊㄚ ㄒㄧㄥˋ ㄕㄣˊ ㄇㄜ˙ ?

Tā xìng shénme?

Tā sìng shénme?

▶▶ _____

9 ㄕㄟˊ ㄕˋ ㄓㄨㄥ ㄍㄨㄛˊ ㄖㄣˊ ?

Shéi shì Zhōngguó rén?

Shéi shìh Jhōngguó rén?

▶▶ _____

10 ㄋㄧㄣˊ ㄕˋ ㄇㄟˇ ㄍㄨㄛˊ ㄖㄣˊ ㄇㄚ˙ ?

Nín shì Měiguó rén ma?

Nín shìh Měiguó rén ma?

▶▶ _____

 Answer the following questions.

1 您貴姓？

✎ _____

2 你叫什麼名字？

✎ _____

3 你是中國人嗎？

✎ _____

④ 你是哪國人？

✎ _____

四 Make appropriate questions according to the answers given. (The words underlined are stressed.)

① <u>他</u>叫 Michael。

▶▶ _____

② 他叫 <u>Michael</u>。

▶▶ _____

③ 我姓<u>王</u>。

▶▶ _____

④ 她姓<u>李</u>。

▶▶ _____

⑤ 李先生是<u>英國人</u>。

▶▶ _____

⑥ 我是<u>美國人</u>，<u>不是英國人</u>。

▶▶ _____

五 Translate the following sentences into Chinese.

1 How are you, Mr. Li?

 ✎ _____

2 I'm David, not Michael.

 ✎ _____

3 I'm Chinese, and you?

 ✎ _____

4 Are you English?

 ✎ _____

六 What would you say?

1 If you meet someone for the first time and want to know his surname, how would you ask him in a polite way?

 ✎ _____

2 If you want to know a child's name, how would you ask?

 ✎ _____

3 If you want to know someone's nationality, how would you ask?

 ✎ _____

第 2 課　早，您好

NEW CHARACTERS

Character & Pronunciation	Radical	Stroke Order								
早 ㄗㄠˇ zǎo	日	丶	口	曰	日	旦	早			
趙 ㄓㄠˋ zhào	走	一	十	土	丰	丰	圭	走	赱	赱
		赸	赵	趙	趙	趙				
小 ㄒㄧㄠˇ xiǎo	小	小	亅	小	小					
姐 ㄐㄧㄝˇ jiě	女	女	奵	如	姐	姐	姐			
張 ㄓㄤ zhāng	弓	ㄱ	コ	弓	引	引ˊ	引ˇ	张	張	張
		張	張							
久 ㄐㄧㄡˇ jiǔ	丿	丿	ク	久						
見 ㄐㄧㄢˋ jiàn	見	丨	冂	月	月	目	貝	見		
啊 ㄚ a	口	ロ	叮	叮	叩	呀	啊	啊		
很 ㄏㄣˇ hěn	彳	丿	彡	彳	彳	彳	彳	很	很	很
謝 ㄒㄧㄝˋ xiè	言	言	訁	訂	訃	訥	訥	謝	謝	
		謝	謝							
也 ㄧㄝˇ yě	乙	丿	也	也						

Character & Pronunciation		Radical	Stroke Order							
這 ㄓㄜˋ	zhè	辶(辵)	丶	亠	产	宇	言	言	这	这	這
太 ㄊㄞˋ	tài	大	一	大	大	太				
天 ㄊㄧㄢ	tiān	大	一	二	天	天				
氣 ㄑㄧˋ	qì	气	丿	𠂉	气	气	氕	气	氞	氣	氣
			氣								
熱 ㄖㄜˋ	rè	灬(火)	一	十	土	圥	圥	去	杢	坴	執
			埶	熱	熱	熱	熱	熱			
去 ㄑㄩˋ	qù	厶	一	十	土	去	去			
上 ㄕㄤˋ	shàng	一	一	丨	上	上				
課 ㄎㄜˋ	kè	言	言	訂	訂	訂	評	課	課	課
們 men		亻(人)	亻	们	们	们	們	們	們	們
忙 ㄇㄤˊ	máng	忄(心)	丶	丨	忄	忙	忙	忙		
再 ㄗㄞˋ	zài	冂	一	厂	厅	再	再	再		
冷 ㄌㄥˇ	lěng	冫	丶	冫	冫	冹	冷	冷		

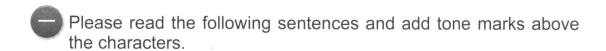

一 Please read the following sentences and add tone marks above the characters.

① 早，趙小姐，去上課啊？

② 張太太，好久不見，您忙不忙？

③ 天氣很好，不冷也不熱。

④ 謝謝你們，再見。

⑤ 趙太太，這是什麼？

二 Transcribe the following sentences into Chinese characters.

① ㄏㄠˇ ㄐㄧㄡˇ ㄅㄨˊ ㄐㄧㄢˋ，ㄓㄤ ㄒㄧㄠˇ ㄐㄧㄝˇ。

Hǎo jiǔ bújiàn, Zhāng Xiǎojiě.

Hǎo jiǒu bújiàn, Jhāng Siǎojiě.

▶▶ _____

② ㄗㄠˇ，ㄓㄠˋ ㄒㄧㄢ ㄕㄥ，ㄊㄧㄢ ㄑㄧˋ ㄏㄠˇ ㄖㄜˋ ㄚ！

Zǎo, Zhào Xiānshēng, tiānqì hǎo rè a!

Zǎo, Jhào Siānshēng, tiāncì hǎo rè a!

▶▶ _____

ㄋㄧˇ ㄇㄣ˙ ㄑㄩˋ ㄕㄤˋ ㄎㄜˋ ㄚ ?

Nǐmen qù shàngkè a?

Nǐmen cyù shàngkè a?

▶▶ _____

 ㄨㄛˇ ㄇㄣ˙ ㄧㄝˇ ㄏㄣˇ ㄇㄤˊ 。

Wǒmen yě hěn máng.

▶▶ _____

 ㄒㄧㄝˋ ㄒㄧㄝ˙ ㄋㄧㄣˊ , ㄨㄤˊ ㄒㄧㄠˇ ㄐㄧㄝˇ 。

Xièxie nín, Wáng Xiǎojiě.

Sièsie nín, Wáng Siǎojiě.

▶▶ _____

 ㄓㄜˋ ㄕˋ ㄓㄤ ㄊㄞˋ ㄊㄞ˙ 。

Zhè shì Zhāng Tàitai.

Zhè shìh Jhāng Tàitai.

▶▶ _____

 ㄨㄛˇ ㄏㄣˇ ㄇㄤˊ , ㄋㄧˇ ㄋㄜ˙ ?

Wǒ hěn máng, nǐ ne?

▶▶ _____

8 ㄗㄞˋ ㄐㄧㄢˋ ， ㄓㄠˋ ㄒㄧㄠˇ ㄐㄧㄝˇ 。

Zàijiàn, Zhào Xiǎojiě.

Zàijiàn, Jhào Siǎojiě.

▶▶ _____

9 ㄊㄚ ㄇㄣ ㄑㄩˋ ， ㄨㄛˇ ㄧㄝˇ ㄑㄩˋ 。

Tāmen qù, wǒ yě qù.

Tāmen cyù, wǒ yě cyù.

▶▶ _____

10 ㄊㄧㄢ ㄑㄧˋ ㄏㄣˇ ㄖㄜˋ ㄇㄚ ？

Tiānqì hěn rè ma?

Tiāncì hěn rè ma?

▶▶ _____

三 Change the following affirmative sentences into negative sentences.

1 她很忙。

✐ _____

2 他也熱。

✐ _____

3 我們很好。

✐ _____

④ 你們冷嗎？

✏ _____

四 Change the following question sentences into SV-not-SV questions.

① 他們好嗎？

▶▶ _____

② 你冷嗎？

▶▶ _____

③ 李先生忙嗎？

▶▶ _____

④ 你們熱嗎？

▶▶ _____

五 Answer the following questions.

① 你好嗎？

✏ _____

② 王先生忙不忙？

_____

③ 他們不熱嗎？

_____

④ 誰很忙？

_____

⑤ 我不太冷，你呢？

_____

六 Translate the following sentences into Chinese.

① Miss Zhang is also not hot.

_____

② They are not very cold.

_____

③ Who is not very hot?

_____

④ He is very busy, and very tired.

_____

⑤ We are fine, how about you?

✎ _____

七 What would you say?

① If you want to say hello to someone on the street in the morning, what would you say?

✎ _____

② If at noon or during the afternoon, evening, or some other time you want to say hello, what would you say?

✎ _____

③ If you meet a classmate at school and you think he is going to class, how do you express this?

✎ _____

④ If you want to introduces Miss Zhang to Mr. Wang, what would you say?

✎ _____

⑤ If someone introduces you to Mr. Zhang, what would you say after you hear his name?

✎ _____

第 3 課　我喜歡看電影

NEW CHARACTERS

Character & Pronunciation	Radical	Stroke Order								
喜 ㄒㄧˇ xǐ	口	一	十	士	吉	吉	吉	壴	喜	
歡 ㄏㄨㄢ huān	欠	丶	⺊	⺊⺊	⺾	⺾	苗	芦	荅	荅
		萑	萑	萑	雚	雚	雚	歡	歡	歡
看 ㄎㄢˋ kàn	目	一	二	三	手	手	看	看	看	看
電 ㄉㄧㄢˋ diàn	雨	一	一	冖	示	示	示	示	示	示
		雪	雪	雪	電					
影 ㄧㄥˇ yǐng	彡	丶	口	日	日	旦	旦	昱	景	景
		景	景	影	影					
視 ㄕˋ shì	見	丶	⺍	⻂	⻂	礻	初	初	祖	祖
		視	視							
都 ㄉㄡ dōu	⻏(邑)	一	十	土	耂	耂	者	者	者	者
		都	都							
有 ㄧㄡˇ yǒu	月	一	ナ	才	冇	有	有			
沒 ㄇㄟˊ méi	氵(水)	丶	冫	氵	氵	沪	汐	沒		

Character & Pronunciation		Radical	Stroke Order								
汽 ㄑㄧˋ	qì	氵(水)	氵	氵	汀	汽	汽				
車 ㄔㄜ	chē	車	一	一	一	一	百	亘	車		
要 ㄧㄠˋ	yào	襾 (西西)	一	一	一	襾	襾	西	要	要	要
買 ㄇㄞˇ	mǎi	貝	丶	丆	罒	罒	罒	罒	罒	罒	買
			冒	買	買						
可 ㄎㄜˇ	kě	口	一	口	可						
書 ㄕㄨ	shū	曰	フ	ラ	ヨ	ヨ	聿	聿	書	書	書
			書								
日 ㄖˋ	rì	日	丨	冂	冃	日					
本 ㄅㄣˇ	běn	木	一	十	才	木	本				
筆 ㄅㄧˇ	bǐ	竹 (竹)	ノ	竹	竹	竹	竹	竹	竺	等	等
			筈	筆	筆						
德 ㄉㄜˊ	dé	彳	彳	彳	彳	彳	徨	徨	德	德	德
			德	德	德	德					

Character & Pronunciation		Radical	Stroke Order								
報 ㄅㄠˋ	bào	土	一	十	土	圥	㔾	幸	坴	幸	幸丸
			幸丮	報	報						
法 ㄈㄚˇ	fǎ	氵(水)	氵	氵	汢	沽	法	法			
文 ㄨㄣˊ	wén	文	丶	亠	亠	文					
東 ㄉㄨㄥ	dōng	木	一	厂	冂	盲	盲	車	東	東	
西 ㄒㄧ	xī	西	一	厂	冂	丙	西	西			
懂 ㄉㄨㄥˇ	dǒng	忄(心)	丶	丨	忄	忄	忄	忄	忄	忄	忄
			忄	忄	懂	懂	懂	懂	懂		

一 Please read the following sentences and add tone marks above the characters.

1 電影、電視，我都喜歡看。

2 我沒有汽車，我要買日本車。

3 德文書報，我都不懂。

4 法國東西好看，可是貴。

5 他們有日本筆，你要買嗎？

二 Transcribe the following sentences into Chinese characters.

1 ㄊㄚ ㄒㄧˇ ㄏㄨㄢ ㄎㄢˋ ㄕㄨ，ㄅㄨˋ ㄒㄧˇ ㄏㄨㄢ ㄎㄢˋ ㄉㄧㄢˋ ㄕˋ。

Tā xǐhuān kàn shū, bù xǐhuān kàn diànshì.

Tā sǐhuān kàn shū, bù sǐhuān kàn diànshìh.

▶▶ _____

2 ㄈㄚˇ ㄍㄨㄛˊ ㄉㄧㄢˋ ㄧㄥˇ，ㄨㄛˇ ㄅㄨˋ ㄉㄨㄥˇ。

Fǎguó diànyǐng, wǒ bùdǒng.

▶▶ _____

3 ㄖˋ ㄅㄣˇ ㄑㄧˋ ㄔㄜ ㄉㄡ ㄏㄠˇ ㄇㄚ˙ ?

Rìběn qìchē dōu hǎo ma?

Rìhběn cìchē dōu hǎo ma?

▶▶ _____

4 ㄨㄛˇ ㄇㄟˊ ㄧㄡˇ ㄉㄜˊ ㄍㄨㄛˊ ㄉㄨㄥ ㄒㄧ 。

Wǒ méiyǒu Déguó dōngxī.

Wǒ méiyǒu Déguó dōngsī.

▶▶ _____

5 ㄋㄧˇ ㄧㄠˋ ㄇㄞˇ ㄓㄨㄥ ㄨㄣˊ ㄅㄠˋ ㄇㄚ˙ ?

Nǐ yào mǎi Zhōngwén bào ma?

Nǐ yào mǎi Jhōngwún bào ma?

▶▶ _____

6 ㄨㄛˇ ㄅㄨˋ ㄉㄨㄥˇ ㄧㄥ ㄨㄣˊ 。

Wǒ bùdǒng Yīngwén.

Wǒ bùdǒng Yīngwún.

▶▶ _____

7 ㄨㄛˇ ㄧㄡˇ ㄕㄨ , ㄎㄜˇ ㄕˋ ㄇㄟˊ ㄧㄡˇ ㄅㄧˇ 。

Wǒ yǒu shū, kěshì méiyǒu bǐ.

Wǒ yǒu shū, kěshìh méiyǒu bǐ.

▶▶ _____

⑧ ㄨㄛˇ ㄇㄣ˙ ㄉㄡ ㄅㄨˊ ㄎㄢˋ ㄖˋ ㄅㄣˇ ㄉㄧㄢˋ ㄧㄥˇ 。

Wǒmen dōu búkàn Rìběn diànyǐng.

Wǒmen dōu búkàn Rìhběn diànyǐng.

▶▶ _____

⑨ ㄕㄟˊ ㄧㄠˋ ㄇㄞˇ ㄈㄚˇ ㄍㄨㄛˊ ㄑㄧˋ ㄔㄜ ？

Shéi yào mǎi Fǎguó qìchē?

Shéi yào mǎi Fǎguó cìchē?

▶▶ _____

⑩ ㄉㄜˊ ㄍㄨㄛˊ ㄅㄧˇ ㄍㄨㄟˋ ， ㄎㄜˇ ㄕˋ ㄏㄣˇ ㄏㄠˇ 。

Déguó bǐ guì, kěshì hěn hǎo.

Déguó bǐ guèi, kěshìh hěn hǎo.

▶▶ _____

三 Change the following question sentences into Verb-not-Verb questions.

① 你喜歡他嗎？

✎ _____

② 他有汽車嗎？

✎ _____

③ 王小姐要看英文書嗎?

✎ _____

④ 他們喜歡看報嗎?

✎ _____

⑤ 張先生要買電視嗎?

✎ _____

⑥ 趙太太看中國電影嗎?

✎ _____

四 Negate the following sentences by using 不 or 沒.

① 我要買筆。

▶▶ _____

② 李小姐有汽車。

▶▶ _____

③ 他看中文書,也看英文書。

▶▶ _____

④ 他們都喜歡看電視。

▶▶ _____

⑤ 德國書貴，德國筆也貴。

▶▶ _____

五 Transpose the objects of the following sentences to the topic position.

① 你有沒有中文報？

✐ _____

② 他買中國筆，不買美國筆。

✐ _____

③ 李小姐看書，也看報。

✐ _____

④ 我不喜歡王先生，也不喜歡王太太。

✐ _____

⑤ 趙先生要看電影，可是不要看電視。

✐ _____

六 Translate the following sentences into Chinese.

1. Not all American cars are expensive.

    / _____

2. They all don't have pens?

    / _____

3. Are all Chinese people good-looking?

    / _____

4. He doesn't have any Chinese pens or American pens.

    / _____

5. I want to read an English book, but I don't have any.

    / _____

6. She doesn't have a car, and Miss Li doesn't have one, either.

    / _____

7. Who does he like?

    / _____

8. What newspaper would you like to read?

    / _____

七 What would you say?

1 If you want to ask a clerk if he sells Chinese books, how would you ask?

✒ _____

2 If you want to buy a Chinese newspaper, but do not know if the clerk sells them, how would you ask?

✒ _____

3 Someone asks you if you like to watch movies or TV.. If you like to watch both, how do you answer?

✒ _____

第 4 課　這枝筆多少錢？

 NEW CHARACTERS

Character & Pronunciation	Radical	Stroke Order								
一 ㄧ yī	一	一								
二 ㄦˋ èr	二	一	二							
三 ㄙㄢ sān	一	一	二	三						
四 ㄙˋ sì	口	丨	冂	冃	四	四				
五 ㄨˇ wǔ	二	一	丁	五	五					
六 ㄌㄧㄡˋ liù	八	丶	亠	六	六					
七 ㄑㄧ qī	一	一	七							
八 ㄅㄚ bā	八	丿	八							
九 ㄐㄧㄡˇ jiǔ	乙	丿	九							
十 ㄕˊ shí	十	一	十							
枝 ㄓ zhī	木	一	十	才	木	村	枋	枝		
多 ㄉㄨㄛ duō	夕	丿	夕	夕	多	多	多			
少 ㄕㄠˇ shǎo	小	丨	小	小	少					
錢 ㄑㄧㄢˊ qián	金	丿	人	乍	午	牟	余	金	金	金

Character & Pronunciation		Radical	Stroke Order								
			釓	銭	錢	錢					
種	zhǒng	禾	ノ	ニ	千	手	禾	利	利	和	稍
			稍	稍	種	種	種				
塊	kuài	土	一	十	土	圹	圹	坷	垍	坤	坤
			坤	塊	塊	塊					
幾	jǐ	幺	ノ	幺	幺	丝	丝	丝	丝	幾	幾
			幾								
兩	liǎng	入	一	丆	冂	币	雨	兩	兩	兩	
零	líng	雨	一	一	雨	雫	零	雺	零	零	零
給	gěi	糹 (糸)	乙	幺	幺	糸	糸	糸	糾	給	給
請	qǐng	言	言	言	言	訅	請	請	請	請	請
找	zhǎo	扌 (手)	一	寸	才	扌	找	找	找		
個	ge	亻 (人)	亻	们	们	佀	個	個	個	個	個
和	hàn / hé	口	一	二	千	手	禾	和	和	和	

Character & Pronunciation		Radical	Stroke Order							
杯 ㄅㄟ	bēi	木	一	十	才	木	朾	杯	杯	杯
共 ㄍㄨㄥ	gòng	八	一	十	卄	共	共	共		
毛 ㄇㄠ	máo	毛	ノ	二	三	毛				
分 ㄈㄣ	fēn	刀	ノ	八	分	分				
半 ㄅㄢ	bàn	十	丶	丷	丷	半	半			
位 ㄨㄟ	wèi	亻 (人)	亻	亻	亻	位	位	位		
那 ㄋㄚ	nà	阝 (邑)	刁	ヨ	ヨ	尹	那	那	那	

一 Please read the following sentences and add tone marks above the characters.

1. 一、二、三、四、五、六、七、八、九、十，我一共有十個。

2. 請你給那位先生一杯咖ㄚ啡ㄟ(kāfēi)。

3. 我有二十三塊零五分錢，你要多少？

4. 這種筆幾毛錢一枝？

5. 請你找我兩塊半。

二 Transcribe the following sentences into Chinese characters.

1. ㄓㄜˋ ㄌㄧㄤˇ ㄅㄣˇ ㄕㄨ ㄉㄨㄛ ㄕㄠˇ ㄑㄧㄢˊ？

   Zhè liǎngběn shū duōshǎo qián?

   Jhè liǎngběn shū duōshǎo cián?

   ▶▶ _____

2. ㄧˋ ㄓ ㄅㄧˇ ㄨˇ ㄎㄨㄞˋ ㄙㄢ ㄇㄠˊ ㄨˇ ㄈㄣ ㄑㄧㄢˊ。

   Yìzhī bǐ wǔkuài sānmáo wǔfēn qián.

   Yìzhīh bǐ wǔkuài sānmáo wǔfēn cián.

   ▶▶ _____

3 ㄙㄢ ㄓ ㄅㄧˇ ㄧˊ ㄍㄨㄥˋ ㄕˊ ㄌㄧㄡˋ ㄎㄨㄞˋ ㄌㄧㄥˊ ㄨˇ ㄈㄣ ㄑㄧㄢˊ 。

Sānzhī bǐ yígòng shíliùkuài líng wǔfēn qián.

Sānzhīh bǐ yígòng shíhliòukuài líng wǔfēn cián.

▶▶ _____

4 ㄋㄟˋ ㄓㄨㄥˇ ㄉㄨㄥ ㄒㄧ ㄍㄨㄟˋ ㄅㄨˊ ㄍㄨㄟˋ ？

Nèizhǒng dōngxī guì búguì?

Nèijhǒng dōngsī guèi búguèi?

▶▶ _____

5 ㄑㄧㄥˇ ㄋㄧˇ ㄧㄝˇ ㄍㄟˇ ㄨㄛˇ ㄧ ㄅㄟ ， ㄏㄠˇ ㄅㄨˋ ㄏㄠˇ ？

Qǐng nǐ yě gěi wǒ yìbēi, hǎo bùhǎo?

Cǐng nǐ yě gěi wǒ yìbēi, hǎo bùhǎo?

▶▶ _____

6 ㄋㄟˋ ㄍㄜ ㄖㄣˊ ㄧㄠˋ ㄇㄞˇ ㄉㄨㄛ ㄕㄠˇ ㄅㄣˇ ㄕㄨ ？

Nèige rén yào mǎi duōshǎo běn shū?

▶▶ _____

7 ㄋㄚˋ ㄙˋ ㄨㄟˋ ㄒㄧㄢ ㄕㄥ ㄉㄡ ㄕˋ ㄇㄟˇ ㄍㄨㄛˊ ㄖㄣˊ 。

Nà sìwèi xiānshēng dōu shì Měiguó rén.

Nà sìhwèi siānshēng dōu shìh Měiguó rén.

▶▶ _____

8 ㄑ一ㄥˇ ㄋ一ˇ ㄓㄠˇ ㄨㄛˇ ㄦˋ ㄕˊ ㄅㄚ ㄎㄨㄞˋ ㄅㄢˋ 。

Qǐng nǐ zhǎo wǒ èrshíbākuài bàn.

Cǐng nǐ jhǎo wǒ èrshíhbākuài bàn.

▶▶ _____

9 ㄨㄛˇ ㄇㄟˊ 一ㄡˇ ㄌ一ㄥˊ ㄑ一ㄢˊ 。

Wǒ méiyǒu língqián.

Wǒ méiyǒu língcián.

▶▶ _____

10 ㄙㄢ ㄓ ㄅ一ˇ ㄐ一ㄡˇ ㄎㄨㄞˋ ㄑ一ㄢˊ ，一ˋ ㄓ ㄅ一ˇ ㄐ一ˇ ㄎㄨㄞˋ ㄑ一ㄢˊ ？

Sānzhī bǐ jiǔkuài qián, yìzhī bǐ jǐkuài qián?

Sānzhīh bǐ jiǒukuài cián, yìzhīh bǐ jǐkuài cián?

▶▶ _____

三 Write the following numbers and monetary amounts in Chinese.

a. numbers

8 _____	54 _____	47 _____
12 _____	68 _____	90 _____
23 _____	75 _____	89 _____

b. monetary amounts

1 $0.05

_____

② $2.04

🖊 _____

③ $12.16

🖊 _____

④ $38.50

🖊 _____

⑤ $76.89

🖊 _____

四 Make appropriate questions which will lead to the following answers.

a. Use 幾：

① 一枝筆五塊錢。

▶▶ _____

② 我要買兩份ㄈ (fèn) 報。

▶▶ _____

③ 他們要七輛ㄌㄧㄤ (liàng) 車。

▶▶ _____

④ 李小姐有三枝筆。

▶▶ _____

⑤ 一共有兩位先生，四位小姐。

▶▶ _____

b. Use 多少：

① 王太太給我十六本書。

▶▶ _____

② 他有五十三塊錢。

▶▶ _____

③ 我們一共要買二十六枝筆。

▶▶ _____

五 Make sentences using the following characters.

① 一共

✎ _____

② 給

✎ _____

③ 請

✎ _____

④ 找

✎ _____

⑤ 半

✎ _____

六 Translate the following phrases or sentences into Chinese.

① this book

✎ _____

② those three pens

✎ _____

③ which five Americans?

✎ _____

④ Who gave you these two books?

✎ _____

⑤ Whom do you want to give that car to?

✎ _____

⑥ Please give him a newspaper.

✎ _____

⑦ I don't like that kind of movie.

✎ _____

第 5 課 我家有五個人

NEW CHARACTERS

Character & Pronunciation	Radical	Stroke Order							
家 ㄐㄧㄚ jiā	宀	丶	丷	宀	宀	宁	宁	豕	豕	家
		家							
爸 ㄅㄚˋ bà	父	八	丷	父	父	爷	爸	爸		
媽 ㄇㄚ mā	女	女	妁	妒	妒	妒	娾	媽	媽	媽
		媽	媽						
的 ㄉㄜ de	白	丿	亻	白	白	白	白	的	的	
相 ㄒㄧㄤ xiàng	目	一	十	才	木	相	机	相	相	相
像 ㄒㄧㄤ xiàng	亻(人)	亻	亻	俨	俨	俨	俨	俨	俨	像
		像	像	像	像				
片 ㄆㄧㄢˋ piàn	片	丿	丿	尸	尸	片			
兒 ㄦ -r	儿	丶	亻	亻	臼	臼	臼	臼	兒	
老 ㄌㄠˇ lǎo	老	一	十	土	耂	耂	老		
師 ㄕ shī	巾	丶	亻	亻	户	臼	自	師	師	師
		師							

Character & Pronunciation		Radical	Stroke Order								
對 ㄉㄨㄟ	duì	寸	丶	丷	⺍	业	业	业	丵	丵	丵
			丵	丵	對	對					
哥 ㄍㄜ	gē	口	一	口	可	豇	哥	哥			
還 ㄏㄞ	hái	辶(走)	丆	呬	罒	罒	睘	罘	睘	睘	睘
			睘	環	環	還					
弟 ㄉㄧ	dì	弓	丶	丷	肖	肖	弟	弟	弟		
女 ㄋㄩ	nǚ	女	ㄑ	女	女						
孩 ㄏㄞ	hái	子	乛	了	子	孑	孑	孑	孩	孩	孩
子 ㄗ	zi	子	乛	了	子						
朋 ㄆㄥ	péng	月	丿	刀	月	月	刖	朋	朋	朋	
友 ㄧㄡ	yǒu	又	一	ナ	方	友					
些 ㄒㄧㄝ	xiē	二	丨	卜	止	止	此	此	此	些	
伯 ㄅㄛ	bó	亻(人)	亻	亻	亻	伯	伯	伯			
輛 ㄌㄧㄤ	liàng	車	車	軒	軒	輌	輛				

Character & Pronunciation		Radical	Stroke Order								
隻 ㄓ	zhī	隹	ノ	イ	亻	亽	乍	乍	隹	佳	隻
			隻								
貓 ㄇㄠ	māo	豸	⺈	⺈	⺈	豸	豸	豸	豸	豽	豾
			貓	貓	貓	貓					
男 ㄋㄢˊ	nán	田	丶	冂	曰	田	田	罗	男		
狗 ㄍㄡˇ	gǒu	犭(犬)	ノ	犭	犭	犭	豹	狗			
學 ㄒㄩㄝˊ	xué	子	ノ	⺀	⺙	爻	臼	臼	段	段	段
			段	段	與	學	學	學			
妹 ㄇㄟ	mèi	女	女	女	妅	妌	妹	妹			

一 Please read the following sentences and add tone marks above the characters.

① 我哥哥、姐姐、弟弟、妹妹都是學生。

② 王老師是你爸爸媽媽的朋友，對不對？

③ 我家有狗，也有貓。

④ 那些相片是你的還是她的？

⑤ 李伯伯有兩個男孩子，沒有女兒。

二 Transcribe the following sentences into Chinese characters.

① 坐˙ ㄕˋ ㄕˊ ˙ㄉ ㄒㅡㅤ ㄆㅤˋ ？

Zhè shì shéide xiàngpiàn?

Jhè shìh shéide siàngpiàn?

▶▶ _____

② ㄨㄛˇ ㄅㄚˋ ˙ㄅㄚ ㄇㄚ ˙ㄇㄚ ㄉㄡ ㄕˋ ㄌㄠˇ ㄕ 。

Wǒ bàba māma dōu shì lǎoshī.

Wǒ bàba māma dōu shìh lǎoshīh.

▶▶ _____

3 ㄋㄧˇ ㄒㄧ ㄏㄨㄢ ㄍㄡˇ , ㄏㄞˊ ㄕˋ ㄇㄠ ?

Nǐ xǐhuān gǒu, háishì māo?

Nǐ sǐhuān gǒu, háishìh māo?

▶▶ _____

4 ㄨㄛˇ ㄍㄜ ㄍㄜ˙ ㄉㄜ˙ ㄋㄩˇ ㄆㄥˊ ㄧㄡˇ ㄏㄣˇ ㄏㄠˇ ㄎㄢˋ 。

Wǒ gēgede nǔpéngyǒu hěn hǎokàn.

Wǒ gēgede nyǔpéngyǒu hěn hǎokàn.

▶▶ _____

5 ㄋㄧˇ ㄇㄟˊ ㄧㄡˇ ㄐㄧㄝˇ ㄐㄧㄝ˙ ㄇㄟˋ ㄇㄟ˙ , ㄉㄨㄟˋ ㄅㄨˊ ㄉㄨㄟˋ ?

Nǐ méiyǒu jiějie mèimei, duì búduì?

Nǐ méiyǒu jiějie mèimei, duèi búduèi?

▶▶ _____

6 ㄋㄟˋ ㄒㄧㄝ ㄉㄨㄥ ㄒㄧ ㄉㄡ ㄕˋ ㄨㄛˇ ㄉㄧˋ ㄉㄧ˙ ㄉㄜ˙ 。

Nèixiē dōngxī dōu shì wǒ dìdide.

Nèisiē dōngsī dōu shìh wǒ dìdide.

▶▶ _____

7 ㄧㄡˇ ㄉㄜ˙ ㄒㄩㄝˊ ㄕㄥ ㄧㄡˇ ㄑㄧ ㄔㄜ 。

Yǒude xuéshēng yǒu qìchē.

Yǒude syuéshēng yǒu cìchē.

▶▶ _____

⑧ ㄨㄛˇ ㄆㄥˊ ㄧㄡˇ ㄐㄧㄚ ㄧㄡˇ ㄙˋ ㄍㄜˋ ㄋㄢˊ ㄏㄞˊ ˙ㄗ。

Wǒ péngyǒu jiā yǒu sìge nán háizi.

Wǒ péngyǒu jiā yǒu sìhge nán háizih.

▶▶ _____

⑨ ㄓㄤ ㄅㄛˊ ˙ㄅㄛ ㄧㄡˇ ㄧˊ ㄍㄜˋ ㄦˊ ˙ㄗ，ㄌㄧㄤˇ ㄍㄜˋ ㄋㄩˇ ㄦˊ。

Zhāng bóbo yǒu yíge érzi, liǎngge nǚér.

Jhāng bóbo yǒu yíge érzih, liǎngge nyǔér.

▶▶ _____

⑩ ㄧㄡˇ ˙ㄉㄜ ㄒㄧㄠˇ ㄏㄞˊ ˙ㄗ ㄊㄞˋ ㄒㄧˇ ㄏㄨㄢ ㄎㄢˋ ㄉㄧㄢˋ ㄕˋ。

Yǒude xiǎoháizi tài xǐhuān kàn diànshì.

Yǒude siǎoháizih tài sǐhuān kàn diànshìh.

▶▶ _____

三 Correct the following sentences, each of which has one error.

① 媽媽是英文的老師。

✎ _____

② 你書很好看。

✎ _____

③ 我狗不累ㄌㄟˋ(lèi)。

✎ _____

4 這枝筆是誰？

✐ _____

5 他那兩個的朋友很忙。

✐ _____

四 Answer the following questions with "有的……有的……."

1 這些字，都對嗎？

▶▶ _____

2 你那些朋友，都是美國人嗎？

▶▶ _____

3 中國東西，你都喜歡嗎？

▶▶ _____

4 你這些杯子都好看嗎？

▶▶ _____

五 Translate the following expressions into Chinese.

1 His family has one cat, and also one dog.

✐ _____

2 Is this yours, or is it your friend's?

✐ _____

3 Those pens of his–some are expensive, and some are not.

✐ _____

4 That friend of mine is not busy.

✐ _____

5 Are both those girls your younger sisters?

✐ _____

六 What would you say?

1 If you want to know how many people are in someone's family, how would you ask him/her?

✐ _____

2 If you want to know which family members are in the family, how would you ask him/her?

✐ _____

3 How do you say hello to a classmate's mother or father?

✐ _____

七 Using Chinese, introduce your family. For example, altogether how many people are there, what relationship do they have to you, what are their names, and what do they like?

第 6 課　我想買一個新照相機

NEW CHARACTERS

Character & Pronunciation	Radical	Stroke Order								
想 ㄒㄧㄤˇ xiǎng	心	一	十	才	木	朾	机	相	相	相
		相	想	想	想					
新 ㄒㄧㄣ xīn	斤	丶	亠	立	立	立	辛	辛	亲	
		亲	新	新	新					
照 ㄓㄠˋ zhào	灬(火)	丨	冂	日	日	日ㄱ	𣇄	𣇄	昭	昭
		照	照							
機 ㄐㄧ jī	木	一	十	才	机	杉	杉	機	機	機
		機	機	機						
問 ㄨㄣˋ wèn	口	丨	冂	冋	戸	門	門	門	門	問
		問	問							
舊 ㄐㄧㄡˋ jiù	臼	艹	艻	芢	芢	萑	萑	雈	舊	舊
		舊	舊	舊	舊	舊				
了 ㄌㄜ le	亅	ㄱ	了	了						
貨 ㄏㄨㄛˋ huò	貝	丿	亻	化	貨					

Character & Pronunciation		Radical	Stroke Order								
覺	jué (ㄐㄩㄝ)	見	⺍	⺍	⺍	𦥯	𦥯	𦥯	𦥯	𦥯	𦥯
			𦥯	覺	覺	覺					
得	de (ㄉㄜ)	彳	彳	彳	彳	彳	彳	彳	得	得	得
大	dà (ㄉㄚ)	大	一	ナ	大						
千	qiān (ㄑㄧㄢ)	十	𠂇	二	千						
便	pián (ㄆㄧㄢ)	亻(人)	亻	亻	仁	佢	佢	佢	便	便	
宜	yí (ㄧ)	宀	丶	丷	宀	宀	宐	宜	宜		
百	bǎi (ㄅㄞ)	白	一	丆	丆	百	百	百			
只	zhǐ (ㄓ)	口	尸	只							
賣	mài (ㄇㄞ)	貝	一	十	士	声	声	壴	壱	賣	賣
			賣								
萬	wàn (ㄨㄢ)	艹(艸)	艹	艹	艹	节	苩	莒	萬	萬	萬
			萬								
知	zhī (ㄓ)	矢	丿	㇏	乍	乍	矢	知			

Character & Pronunciation		Radical	Stroke Order								
道 ㄉㄠ	dào	辶(辵)	﹀	ㄩ	㇕	并	首	首	首	首	道
			道								
真 ㄓㄣ	zhēn	目	一	十	市	直	直	真			
校 ㄒㄧㄠ	xiào	木	一	十	木	杧	扩	校	校	校	校
億 ㄧ	yì	亻(人)	亻	亻	广	伫	倍	倍	億	億	億
錶 ㄅㄧㄠ	biǎo	金	人	上	车	车	金	釒	釒	釒	釒
			錶	錶	錶	錶					
夠 ㄍㄡ	gòu	夕	ノ	ク	夕	多	多	夠	夠		

一 Please read the following sentences and add tone marks above the characters.

1. 請問，中國有十三億人，對不對？

2. 這個照相機是日本貨，一萬塊錢，真不便宜。

3. 我知道那個學校只有八千個學生。

4. 我覺得我的車太舊也太小了，我想買大的新車。

5. 我想買錶，五百塊錢夠不夠？

二 Transcribe the following sentences into Chinese characters.

1. ㄨㄛˇ ㄒㄧㄤˇ ㄓㄜˋ˙ㄍㄜ ㄓㄠˋㄒㄧㄤˋㄐㄧ ㄅㄨˋㄆㄧㄢˊㄧˊ。

   Wǒ xiǎng zhèige zhàoxiàngjī bùpiányí.
   Wǒ siǎng jhèige jhàosiàngjī bùpiányí.

   ▶▶ _____

2. ㄨㄛˇ ㄅㄨˋ ㄓ ㄉㄠˋ ㄋㄟˋ˙ㄍㄜ ㄒㄩㄝˊ ㄒㄧㄠˋ ㄧㄡˇ ㄉㄨㄛ ㄕㄠˇ ㄒㄩㄝˊ ㄕㄥ。

   Wǒ bùzhīdào nèige xuéxiào yǒu duōshǎo xuéshēng.
   Wǒ bùzhīhdào nèige syuéxiào yǒu duōshǎo syuéshēng.

   ▶▶ _____

3 ㄒㄧㄣ ㄔㄜ ㄍㄨㄟˋ， ㄐㄧㄡˋ ㄔㄜ ㄆㄧㄢˊ ㄧˊ。

Xīnchē guì, jiùchē piányí.

Sīnchē guèi, jiòuchē piányí.

▶▶ _____

4 ㄑㄧㄥˇ ㄨㄣˋ ㄓㄜˋ ㄕˋ ㄉㄜˊ ㄍㄨㄛˊ ㄏㄨㄛˋ ㄏㄞˊ ㄕˋ ㄖˋ ㄅㄣˇ ㄏㄨㄛˋ？

Qǐngwèn zhè shì Déguó huò háishì Rìběn huò?

Cǐngwùn jhè shìh Déguó huò háishìh Rìhběn huò?

▶▶ _____

5 ㄨㄛˇ ㄐㄩㄝˊ ㄉㄜ˙ ㄓㄜˋ ㄅㄣˇ ㄕㄨ ㄓㄣ ㄏㄠˇ。

Wǒ juéde zhèiběn shū zhēn hǎo.

Wǒ jyuéde jhèiběn shū jhēn hǎo.

▶▶ _____

6 ㄇㄟˇ ㄍㄨㄛˊ ㄧㄡˇ ㄌㄧㄤˇ ㄧˋ ㄖㄣˊ， ㄉㄨㄟˋ ㄅㄨˊ ㄉㄨㄟˋ？

Měiguó yǒu liǎngyì rén, duì búduì?

Měiguó yǒu liǎngyì rén, duèi búduèi?

▶▶ _____

7 ㄊㄞˋ ㄍㄨㄟˋ ㄌㄜ˙， ㄨㄛˇ ㄉㄜ˙ ㄑㄧㄢˊ ㄅㄨˊ ㄍㄡˋ。

Tài guì le, wǒde qián búgòu.

Tài guèi le, wǒde cián búgòu.

▶▶ _____

8 ㄒㄧㄣ ㄉㄜ˙ ㄇㄞˋ ㄧˊ ㄨㄢˋ ㄎㄨㄞˋ ㄑㄧㄢˊ，ㄐㄧㄡˋ ㄉㄜ˙ ㄓˇ ㄇㄞˋ ㄌㄧㄤˇ ㄑㄧㄢ ㄎㄨㄞˋ。

Xīnde mài yíwànkuài qián, jiùde zhǐ mài liǎngqiānkuài.

Sīnde mài yíwànkuài cián, jiòude zhǐh mài liǎngciānkuài.

▶▶ _____

9 ㄨㄛˇ ㄅㄨˋ ㄓ ㄉㄠˋ ㄋㄟˋ ㄍㄜ˙ ㄕˋ ㄅㄨˊ ㄕˋ ㄒㄧㄣ ㄉㄜ˙。

Wǒ bùzhīdào nèige shì búshì xīnde.

Wǒ bùzhīhdào nèige shìh búshìh sīnde.

▶▶ _____

10 ㄋㄟˋ ㄍㄜ˙ ㄉㄚˋ ㄅㄧㄠˇ ㄓˇ ㄇㄞˋ ㄨˇ ㄅㄞˇ ㄎㄨㄞˋ ㄑㄧㄢˊ。

Nèige dàbiǎo zhǐ mài wǔbǎikuài qián.

Nèige dàbiǎo zhǐh mài wǔbǎikuài cián.

▶▶ _____

三 Read the following numbers and write in Chinese.

1 61,290

✎ _____

2 935,807

✎ _____

3 5,610,750

✎ _____

④ 47,090,000

✐ _____

⑤ 380,200,000

✐ _____

四 Answer the following questions.

① 那個學校有四千個男學生，三千八百個女學生，一共有多少學生？

▶▶ _____

② 我們學校有五百位老師，一萬個學生。老師、學生一共有多少人？

▶▶ _____

③ 我有三百二十塊錢，他有兩百五十塊錢，我們一共有多少錢？

▶▶ _____

④ 新車一輛二十四萬五千塊錢，舊車一輛兩萬八千塊，新車一輛，舊車一輛，一共多少錢？

▶▶ _____

五 Cross out the unnecessary words（的 or noun）.

① 他有兩個小的孩子。

　✎ _____

② 男的人都有大的錶嗎？

　✎ _____

③ 我的好的朋友買新的電視機。

　✎ _____

④ 他要新的筆，不要舊的筆。

　✎ _____

⑤ 大的汽車好看，小的汽車不好看。

　✎ _____

六 Make sentences using the following characters.

① 覺得

　✎ _____

② 想

　✎ _____

③ 只

✎ _____

④ 請問

✎ _____

⑤ 太 SV 了

✎ _____

七 Translate the following expressions into Chinese.

① Altogether I have over nine dollars.

✎ _____

② His university has over eighty Chinese students.

✎ _____

③ I don't know if he's busy or not.

✎ _____

④ Don't you think his car is nice-looking?

✎ _____

5 I asked him how much that watch was.

✎ _____

八 What would you say?

1 If you want to ask a friend what he thinks of this book, what would you say?

✎ _____

2 A clerk tells you the price of something. If you feel it's too expensive and want to ask if there is a cheaper one, what would you say?

✎ _____

3 What would you say if you want to know where some items were made?

✎ _____

第 7 課　你的法文念得真好聽

NEW CHARACTERS

Character & Pronunciation		Radical	Stroke Order							
念 ㄋㄧㄢˋ	niàn	心	ㄥ	ㄥ	ㄥ	今	念			
聽 ㄊㄧㄥ	tīng	耳	一	丆	丌	丌	耳	耳	耳	耳	耵
			耵	耺	耺	聬	聭	聽			
在 ㄗㄞˋ	zài	土	一	ナ	才	右	在	在			
慢 ㄇㄢˋ	màn	忄(心)	丶	丨	忄	忄	忄	惆	惆	慢	慢
			慢								
意 ㄧˋ	yì	心	亠	立	立	音	意			
思 ㄙ	sī	心	丶	冂	曰	田	田	思			
點 ㄉㄧㄢˇ	diǎn	黑	丶	冂	冂	冋	四	四	甲	里	黑
			黑丨	黙	點						
難 ㄋㄢˊ	nán	隹	艹	艹	廿	苩	莗	菓	莫	鄚	鄭
			難	難	難						
話 ㄏㄨㄚˋ	huà	言	言	言	訂	評	話			
以 ㄧˇ	yǐ	人	丨	以	以	以	以			

Character & Pronunciation		Radical	Stroke Order								
教 ㄐㄧㄠ	jiāo	攵 (攴)	十	土	耂	耂	孝	孝	教	教	教
			教								
現 ㄒㄧㄢ	xiàn	王 (玉)	一	二	干	王	玥	珇	玥	現	
說 ㄕㄨㄛ	shuō	言	言	言	訲	訤	訤	說			
能 ㄋㄥ	néng	月 (肉)	厶	厶	台	台	育	育	能	能	能
會 ㄏㄨㄟ	huì	日	人	合	合	命	命	侖	會		
唱 ㄔㄤ	chàng	口	口	叩	叩	唱	唱	唱			
歌 ㄍㄜ	gē	欠	一	可	可	哥	哥	哥	歌	歌	
吃 ㄔ	chī	口	口	叻	叻	吃					
飯 ㄈㄢ	fàn	食	𠆢	𠂤	乌	乌	乌	食	食	食	飣
			飯								
菜 ㄘㄞ	cài	艹 (艸)	艹	艹	芶	芇	芇	苹	苹	苹	菜
喝 ㄏㄜ	hē	口	口	叩	叩	喝	喝	喝	喝		
酒 ㄐㄧㄡ	jiǔ	氵 (水)	氵	汀	汀	沔	沔	酒	酒		

Character & Pronunciation		Radical	Stroke Order									
寫 ㄒㄧㄝˇ	xiě	宀	宀	宀	宀	宀	宁	宁	宕	穷	寫	
			寫									
做 ㄗㄨㄛˋ	zuò	亻(人)	亻	亻	什	估	估	做	做	做		
事 ㄕˋ	shì	亅	一	口	亐	亐	亊	事				
畫 ㄏㄨㄚˋ	huà	田	㇇	一	㇕	㇕	丰	書	書	書	書	
			畫									
快 ㄎㄨㄞˋ	kuài	忄(心)	忄	忄	忄	快	快					

一 Please read the following sentences and add tone marks above the characters.

① 他很能念書，畫也畫得好，可是做事太慢。
   huà de   shì màn

② 這些字有一點難寫，你現在可以教我嗎？
   xiě

③ 我不唱歌，可是喜歡聽歌。

④ 他喜歡吃菜、喝酒，不喜歡做飯。

⑤ 他說話很快也很有意思。

二 Transcribe the following sentences into Chinese characters.

① ㄨㄛˇ ㄏㄨㄟˋ ㄕㄨㄛ ㄧ ㄉㄧㄢˇ ㄓㄨㄥ ㄍㄨㄛˊ ㄏㄨㄚˋ。

Wǒ huì shuō yìdiǎn Zhōngguó huà.
Wǒ huèi shuō yìdiǎn Jhōngguó huà.

▶▶ 　我會說一點中國話。

② ㄒㄧㄢˋ ㄗㄞˋ ㄅㄨˋ ㄎㄜˇ ㄧˇ ㄔㄤˋ ㄍㄜ。

Xiànzài bùkěyǐ chànggē.
Siànzài bùkěyǐ chànggē.

▶▶ 　現在不可以唱歌。

3 ㄏㄨㄚˋ ㄓㄨㄥ ㄍㄨㄛˊ ㄏㄨㄚˋ ㄋㄢˊ，ㄎㄜˇ ㄕˋ ㄏㄣˇ ㄧㄡˇ ㄧˋ ㄙ。

Huà Zhōngguó huà nán, kěshì hěn yǒuyìsi.

Huà Jhōngguó huà nán, kěshìh hěn yǒuyìsih.

▶▶ 畫中國畫難，可是很有意思。

4 ㄋㄧㄣˊ ㄋㄥˊ ㄐㄧㄠ ㄨㄛˇ ㄒㄧㄝˇ ㄓㄟ ㄒㄧㄝ ㄗˋ ㄇㄚ？

Nín néng jiāo wǒ xiě zhèixiē zì ma?

Nín néng jiāo wǒ siě jhèisiē zìh ma?

▶▶ 您能教我寫這些字嗎？

5 ㄊㄚ ㄋㄧㄢˋ ㄕㄨ，ㄧㄝˇ ㄗㄨㄛˋ ㄕˋ。

Tā niànshū, yě zuòshì.

Tā niànshū, yě zuòshìh.

▶▶ 他念書，也做事。

6 ㄨㄛˇ ㄅㄨˊ ㄏㄨㄟˋ ㄗㄨㄛˋ ㄓㄨㄥ ㄍㄨㄛˊ ㄘㄞˋ。

Wǒ búhuì zuò Zhōngguó cài.

Wǒ búhuèi zuò Jhōngguó cài.

▶▶ 我不會做中國菜。

7 ㄈㄚˇ ㄍㄨㄛˊ ㄏㄨㄚˋ ㄏㄠˇ ㄊㄧㄥ，ㄈㄚˇ ㄍㄨㄛˊ ㄐㄧㄡˇ ㄧㄝˇ ㄏㄠˇ ㄏㄜ。

Fǎguó huà hǎotīng, Fǎguó jiǔ yě hǎohē.

Fǎguó huà hǎotīng, Fǎguó jiǒu yě hǎohē.

▶▶ 法國話好聽，法國酒也好喝

8 ㄊㄚ ㄔ ㄈㄢ，ㄔ ㄉㄜ ㄓㄣ ㄇㄢ。

Tā chīfàn, chīde zhēn màn.

Tā chīhfàn, chīhde jhēn màn.

▶▶ 他吃飯，吃得真慢。

9 ㄒㄧㄝ ㄓㄨㄥ ㄍㄨㄛ ㄗ ㄏㄣ ㄧㄡ ㄧ ㄙ。

Xiě Zhōngguó zì hěn yǒu yìsi.

Siě Jhōngguó zìh hěn yǒu yìsih.

▶▶ 寫中國字很有意思。

10 ㄊㄚ ㄕㄨㄛ ㄏㄨㄚ ㄏㄣ ㄎㄨㄞ，ㄨㄛ ㄅㄨ ㄉㄡ ㄉㄨㄥ。

Tā shuōhuà hěn kuài, wǒ bù dōu dǒng.

▶▶ 他說話很快，我不都懂。

三 Fill in the blanks with 能 or 會 or 可以.

1 中文老師要我們說中文，不＿＿可以＿＿說英文。

2 他＿＿會＿＿唱法文歌。

3 我太累ㄌㄟˋ(lèi)，不＿＿能＿＿做事。

4 你＿＿會＿＿喝多少酒？

5 我想請你跳ㄊㄧㄠˋ舞ㄨˇ(tiàowǔ)，＿＿可以＿＿嗎？

四 Complete the following sentences using the "V 得（ADV）SV" pattern.

1. 我媽媽做飯，___做得很好___。

2. 老師說話，___說得很難快/慢___.

3. 他妹妹唱歌，___唱得好聽___。

4. 我的字，___寫得不好___。

5. 王先生做事，___做得很快___。

五 Answer the following questions with **好** or **難** as adverbial prefixes. (GRA 4)

1. 你寫中國字，寫得怎麼樣 (zěnmeyàng)？

   ___我寫中國字，寫得太不難。難看___
   ___不好。___

2. 這本書，你覺得怎麼樣？

   ___這本書，我覺得好看。___

3. 你爸爸做飯，做得怎麼樣？

   ___我爸爸做飯，做得好吃。___

④ 這個酒怎麼樣？

✎ 這個酒好喝。

⑤ 畫畫好學嗎？

✎ 畫畫學得很好。

好

六 Make sentences using the following words.

① 一點 有

✎ 今天一點冷。

② 現在

✎ 我現在在聽音樂呢。

③ 有意思

✎ 這部電影很有意思。

④ 在

✎ 我在喝咖啡呢。

⑤ 可以 機

✎ 可以用吸塵器嗎？

塵器

吸塵器
xī chén qì

Translate the following sentences into Chinese.

1 He is teaching (right now).

　　　　他現在在教妳~~書~~呢。

2 I want to invite you to eat French food.

　　　　我想請你吃法國菜。

3 He likes to sing very much, but he doesn't like to work.

　　　　他喜歡唱歌，可是他不喜歡~~做事~~ 工作。

4 Mother said the children are not permitted to drink wine.

　　　　母親說她孩子不可以喝紅酒。

媽　　　媽媽　　（小朋友）小孩子.

5 You read this character quite correctly.

　　　　你念字，念得很好。

八 What would you say?

1 If you want to compliment someone on his English ability, what would you say?

　　　他說英文，說得很好。

2 If someone says you speak great Chinese, what would you say?

　　　哪裡哪裡，我的中文~~太不好~~。
　　　　　　　　　不大好。

3 If someone asks about your Chinese ability, what would you say?

　　　我的中文還說得不好。

4 If someone asks you to teach him English, what would you say?
　　　　　能

　　　我會教你一點點英文。
　　　will
　　　可以 can/could

5 If someone invites you to drink wine, but you don't drink, what would you say?

　　　謝謝你，可是我不可以喝紅酒。

我不會教
I won't

第 8 課　這是我們新買的電視機

 NEW CHARACTERS

Character & Pronunciation	Radical	Stroke Order								
常 ㄔㄤˊ cháng	巾	丶	丷	丷	丷	丷	尚	尚	常	常
最 ㄗㄨㄟˋ zuì	冂	日	旦	早	昇	昇	冐	骨	最	最
愛 ㄞˋ ài	心	丶	丷	丷	丷	爫	悉	愛	愛	愛
跳 ㄊㄧㄠˋ tiào	呈(足)	口	屵	屵	足	足	距	趵	趵	跳
		跳	跳							
舞 ㄨˇ wǔ	舛	一	二	無	無	無	無	舞	舞	舞
		舞								
錯 ㄘㄨㄛˋ cuò	金	人	乍	牟	余	金	金	釯	錯	錯
穿 ㄔㄨㄢ chuān	穴	宀	宀	空	空	空	穿	穿		
衣 ㄧ yī	衣	一	衣	衣	衣	衣				
服 ㄈㄨˊ fú	月	丿	月	肝	那	服	服			
外 ㄨㄞˋ wài	夕	丿	夕	夕	列	外				
定 ㄉㄧㄥˋ dìng	宀	宀	宀	宇	宇	定	定			
就 ㄐㄧㄡˋ jiù	尢	丶	古	京	京	京	京	訧	就	就

Character & Pronunciation		Radical	Stroke Order								
噢 ㄡˋ	òu	口	口	口ˊ	口ˊ	口ㄅ	口勹	口勹	口勹	喃	喃
			喃	噢	噢						
為 ㄨㄟˋ	wèi	灬 (火)	丶	ノ	㇗	㇗	為	為			
因 ㄧㄣ	yīn	囗	丨	冂	冂	因	因	因			
所 ㄙㄨㄛˇ	suǒ	戶	ˊ	厂	戶	戶	戶	所	所	所	
母 ㄇㄨˇ	mǔ	毋	㇗	毋	毋	母	母				
親 ㄑㄧㄣ	qīn	見	亠	立	立	辛	亲	亲	親	親	
父 ㄈㄨˋ	fù	父	ˊ	八	少	父					
件 ㄐㄧㄢˋ	jiàn	亻 (人)	亻	亻	亻	仵	件				
茶 ㄔㄚˊ	chá	艹 (艸)	艹	艻	茋	苶	茶				
水 ㄕㄨㄟˇ	shuǐ	水	亅	氺	水	水					
容 ㄖㄨㄥˊ	róng	宀	宀	宊	突	容					
易 ㄧˋ	yì	日	日	尸	另	易	易				

一 Read the following sentences and add tone marks above the characters.

1. 因為他常常跳舞，所以他說跳舞容易。

2. 你母親穿的這件衣服一定是外國貨。

3. 噢，我知道，那位就是王老師。

4. 聽說他父親的書法不錯。

5. 我最愛喝茶，不愛喝水。

二 Transcribe the following sentences into Chinese characters.

1. ㄋㄧˇ ㄔㄨㄢ ㄉㄜ ㄓㄢˋ ㄐㄧㄢˋ ㄧ ㄈㄨˊ ㄓㄣ ㄏㄠˇ ㄎㄢˋ。

   Nǐ chuānde zhèijiàn yīfú zhēn hǎokàn.
   Nǐ chuānde jhèijiàn yīfú jhēn hǎokàn.

   ▶ _你穿的這件衣服真好看。_
      的

2. ㄋㄧˇ ㄔㄤˊ ㄏㄜ ㄕㄨㄟˇ ㄇㄚ？

   Nǐ cháng hē shuǐ ma?
   Nǐ cháng hē shuěi ma?

   ▶ _你常喝水嗎？_

3 ㄧㄣ ㄨㄟ ㄊㄚ ˙ㄉㄜ ㄨㄞ ㄨㄣ ㄅㄨ ㄘㄨㄛ，ㄙㄨㄛ ㄧ ㄊㄚ ㄧㄡ ㄏㄣ ㄉㄨㄛ ㄨㄞ ㄍㄨㄛ ㄆㄥ ㄧㄡ。

Yīnwèi tāde wàiwén búcuò, suǒyǐ tā yǒu hěn duō wàiguó péngyǒu.

Yīnwèi tāde wàiwún búcuò, suǒyǐ tā yǒu hěn duō wàiguó péngyǒu.

▶▶ 因為他的外文不錯，所以他很多外國朋友。

有

4 ㄊㄚ ㄈㄨ ㄑㄧㄣ ㄓ ㄞ ㄏㄜ ㄔㄚ。

Tā fùqīn zhǐ ài hē chá.

Tā fùcīn zhǐh ài hē chá.

▶▶ 他父親只愛喝茶。

5 ㄏㄠ ㄊㄧㄥ ˙ㄉㄜ ㄍㄜ ㄅㄨ ㄧ ㄉㄧㄥ ㄖㄨㄥ ㄧ ㄔㄤ。

Hǎotīngde gē bùyídìng róngyì chàng.

▶▶ 好聽得歌不一定容易唱。

的

6 ㄊㄚ ㄨㄟ ㄕㄣ ˙ㄇㄜ ㄅㄨ ㄞ ㄊㄧㄠ ㄨ？

Tā wèishénme búài tiàowǔ?

▶▶ 他為什麼不愛跳舞？

7 ㄡ，ㄋㄧㄣ ㄐㄧㄡ ㄕ ㄌㄧ ㄒㄧㄢ ㄕㄥ ˙ㄚ。

Òu, nín jiùshì Lǐ Xiānshēng a?

Òu, nín jiòushìh Lǐ Siānshēng a?

▶▶ 噢，您就是李先生啊？

8 ㄊㄧㄥ ㄕㄨㄛ ㄗㄨㄛ ㄕㄥ ㄧ ㄅㄨ ㄖㄨㄥ ㄧ。

Tīngshuō zuò shēngyì bùróngyì.

▶▶ 聽說做生意不容易。

9. ㄨㄛˇ ㄐㄩㄝˊ ˙ㄉㄜ ㄋㄧˇ ㄔㄨㄢ ˙ㄉㄜ ㄓㄜˋ ㄐㄧㄢˋ ㄧ ㄈㄨˊ ㄅㄨˊ ㄘㄨㄛˋ 。

Wǒ juéde nǐ chuānde zhèijiàn yīfú búcuò.

Wǒ jyuéde nǐ chuānde jhèijiàn yīfú búcuò.

▶ 我覺得你穿的這件衣服不錯。

10. ㄇㄨˇ ㄑㄧㄣ ㄗㄨㄛˋ ˙ㄉㄜ ㄈㄢˋ ㄗㄨㄟˋ ㄏㄠˇ ㄔ 。

Mǔqīn zuòde fàn zuì hǎochī.

Mǔcīn zuòde fàn zuèi hǎochīh.

▶ 母親做得飯最好吃。
　　　　的

三 Complete the following sentences with "(AV) VO 的 N." and "S V 的 N."

a. (AV) VO 的 N

1. 喜歡吃臭豆腐的日本人 不多。

2. 教中文的老師 都有錢。

3. 會說英文在台灣的老人很少。

4. 很好看的那輛汽車 是日本貨。

5. 喜歡唱歌的這個人也喜歡跳舞嗎？

b. S V 的 N

① 你媽媽做的飯_____ 都不錯嗎？

② 我買的這件衣服_____ 是舊的。

③ 我買的台灣菜_____ 很便宜。

④ 這個日本人歌手唱的歌 不太有名。

⑤ 我的日本好朋友唱的歌 真好聽。

四 Combine the following two sentences into one by turning the first sentences into a noun followed by a modifying clause as shown in the example, make any necessary change necessary.

Example 那位先生會說英文。他是我朋友。

▶ 〔會說英文的那位先生〕是我朋友。

① 他買一些筆。那些筆都不貴。

▶ 他買的那些筆都不貴。

② 那位小姐愛唱歌。她也愛畫畫。

▶ 愛唱歌的那位小姐也愛畫畫。

③ 我妹妹穿一件新衣服。那件新衣服是我的。

▶ 穿一件我的新衣服是我妹妹。

我妹妹穿的那件新衣服是我的

五 Make sentences using the following phrases.

1 聽說

我聽說在台灣的日本東西很貴。

2 一定

我想這個豆花一定很好吃。

3 因為……所以……

因為我想我家庭，所以我回家了。

4 常常

我常常說"我很餓"。 —2

5 容易

　　　　　　　　很
我覺得做早飯，~~很難做~~容易。 12/9

六 Translate the following phrases or sentences into Chinese. 85/12/9

1 What my father said

2 That car he bought is very expensive.

3 What's the name of that book seller?

✐ _____

4 That businessman likes to drink.

✐ _____

5 Mrs. Li has only one child.

✐ _____

6 I like the camera that you bought.

✐ _____

七 What would you say?

1 If someone asks why you study Chinese, what would you say?

✐ _____

2 If someone asks, "Who is xxx?" and xxx is you, what would you say?

✐ _____

第 9 課 你們學校在哪裡？

NEW CHARACTERS

Character & Pronunciation		Radical	Stroke Order								
裡 ㄌㄧˇ	lǐ	衤(衣)	丶	㇇	衤	衤	衤	初	衦	袒	袒
			袒	裡	裡						
路 ㄌㄨˋ	lù	𧾷(足)	口	吊	吊	𧾷	𧾷	𧾷	跂	政	路
圖 ㄊㄨˊ	tú	囗	冂	冂	咼	咼	圕	圖	圖		
館 ㄍㄨㄢˇ	guǎn	食	𠆢	𠂉	亽	亽	皀	食	飠	飠	館
			館								
後 ㄏㄡˋ	hòu	彳	彳	彳	彴	往	往	後	後		
面 ㄇㄧㄢˋ	miàn	面	一	丆	丙	而	而	而	面	面	
樓 ㄌㄡˊ	lóu	木	木	杆	柙	棋	構	棟	樓		
附 ㄈㄨˋ	fù	阝(阜)	㇇	阝	阝	阠	阡	附	附		
近 ㄐㄧㄣˋ	jìn	辶(辵)	丿	厂	斤	斤	沂	近	近	近	
店 ㄉㄧㄢˋ	diàn	广	丶	广	广	庁	店	店			
方 ㄈㄤ	fāng	方	丶	亠	方	方					
房 ㄈㄤˊ	fáng	戶	丶	厂	尸	戶	戶	房	房	房	

Character & Pronunciation		Radical	Stroke Order								
客 ㄎㄜ	kè	宀	宀	宀	灾	灾	客				
廳 ㄊㄧㄥ	tīng	广	广	斤	盾	盾	盾	庿	廐	廳	廳
		廳									
邊 ㄅㄧㄢ	biān	辶(辵)	丶	自	臬	臬	息	舁	舁	邊	邊
		邊									
旁 ㄆㄤˊ	páng	方	丷	亠	立	立	立	旁	旁		
間 ㄐㄧㄢ	jiān	門	丨	ㄅ	『	門	門	門	間		
屋 ㄨ	wū	尸	乛	乛	尸	尸	屋	居	屋	屋	屋
離 ㄌㄧˊ	lí	隹	亠	亠	文	卤	卤	卤	离	离	离
		离	離								
遠 ㄩㄢˇ	yuǎn	辶(辵)	一	十	土	吉	吉	袁	遠		
地 ㄉㄧˋ	dì	土	土	圠	坩	地					
下 ㄒㄧㄚˋ	xià	一	一	丅	下						
桌 ㄓㄨㄛ	zhuō	木	丶	卜	卢	卓	卓	桌			

Character & Pronunciation		Radical	Stroke Order								
椅 ㄧˇ	yǐ	木	木	朾	柠	栲	椅	椅			
底 ㄉㄧˇ	dǐ	广	广	广	庀	庒	底	底			
前 ㄑㄧㄢˊ	qián	刂(刀)	丷	前	前	肖	前	前			
商 ㄕㄤ	shāng	口	亠	产	产	商	商				

一 Read the following sentences and add tone marks above the characters.

1 客廳在樓下，後面就是飯廳。

們 men
門 mén

2 你們學校的圖書館在什麼地方？

3 那家商店就在附近，離這所房子不遠。

4 孩子的椅子在那間屋子裡的桌子底下。

5 我的汽車就在前面路旁邊。

二 Transcribe the following sentences into Chinese characters.

1 ㄊㄨˊ ㄕㄨ ㄍㄨㄢˇ ㄌㄧˊ ㄓㄜˋ ㄌㄧˇ ㄅㄨˊ ㄊㄞˋ ㄩㄢˇ。

Túshūguǎn lí zhèlǐ bútài yuǎn.
Túshūguǎn lí jhèlǐ bútài yuǎn.

▶ 圖書館裡 離這裡不太遠。

2 ㄊㄚ ㄐㄧㄚ ㄗㄞˋ ㄋㄟˋ ㄍㄜ˙ ㄉㄚˋ ㄌㄡˊ ㄏㄡˋ ㄇㄧㄢˋ。

Tā jiā zài nèige dàlóu hòumiàn.

▶ 他家在那個大樓後面。

3 ㄒㄩㄝˊ ㄒㄧㄠˋ ㄈㄨˋ ㄐㄧㄣˋ ㄧㄡˇ ㄏㄣˇ ㄉㄨㄛ ㄕㄤ ㄉㄧㄢˋ。

Xuéxiào fùjìn yǒu hěn duō shāngdiàn.

Syuésiào fùjìn yǒu hěn duō shāngdiàn.

▶▶ 學校附近有很多商店。

4 ㄏㄞˊ ㄗ˙ ㄗㄞˋ ㄈㄢˋ ㄊㄧㄥ ㄉㄜ ㄓㄨㄛ ㄗ˙ ㄉㄧˇ ㄒㄧㄚˋ ㄗㄨㄛˋ ㄕㄣˊ ㄇㄜ˙？

Háizi zài fàntīngde zhuōzi dǐxià zuò shénme?

Háizih zài fàntīngde jhuōzih dǐsià zuò shénme?

▶▶ 孩子在飯廳的桌子底下做什麼？

5 ㄨㄛˇ ㄔㄤˊ ㄗㄞˋ ㄑㄧㄢˊ ㄇㄧㄢˋ ㄉㄜ ㄈㄢˋ ㄍㄨㄢˇ ㄔ ㄈㄢˋ。

Wǒ cháng zài qiánmiànde fànguǎn chīfàn.

Wǒ cháng zài ciánmiànde fànguǎn chīhfàn.

▶▶ 我常在前面的飯館吃飯。

6 ㄋㄟˋ ㄍㄜ˙ ㄉㄧˋ ㄈㄤ ㄌㄧˊ ㄓㄜˋ ㄌㄧˇ ㄏㄣˇ ㄐㄧㄣˋ ㄏㄣˇ ㄈㄤ ㄅㄧㄢˋ。

Nèige dìfāng lí zhèlǐ hěn jìn hěn fāngbiàn.

Nèige dìfāng lí jhèlǐ hěn jìn hěn fāngbiàn.

▶▶ 那個地方離這裡很近很方便。

7 ㄋㄟˋ ㄙㄨㄛˇ ㄈㄤˊ ㄗ˙，ㄌㄡˊ ㄕㄤˋ ㄌㄡˊ ㄒㄧㄚˋ ㄧˊ ㄍㄨㄥˋ ㄧㄡˇ ㄑㄧ ㄐㄧㄢ ㄈㄤˊ ㄐㄧㄢ。

Nèisuǒ fángzi, lóushàng lóuxià yígòng yǒu qījiān fángjiān.

Nèisuǒ fángzih, lóushàng lóusià yígòng yǒu cījiān fángjiān.

▶▶ 那所房子，樓上樓下一共有七間房間。

8 ㄎ ㄊ ㄉ ㄓ ㄗ ㄧ ㄗ ㄅ ㄕ ㄒ ㄉ 。
　ㄜ ㄥ ㄜ ㄨㄛ 　ˇ 　ˇ ㄡ 　ˋ ㄣ ㄜ

Kètīngde zhuōzi yǐzi dōu shì xīnde.

Kètīngde jhuōzih yǐzih dōu shìh sīnde.

▶ <u>客廳的桌子椅子都是新的。　　　　　　　　</u>

9 ㄋ ㄇ ㄒ ㄒ ㄗ ㄕ ㄇ ㄌ ？
　ˇ ㄣ ㄩㄝ ㄠˋ ㄞˋ ㄣ ㄜ ㄨˋ

Nǐmen xuéxiào zài shénme lù?

Nǐmen syuésiào zài shénme lù?

▶ <u>你們學校在什麼路？　　　　　　　　　　</u>

10 ㄨ ㄐ ㄐ ㄗ ㄒ ㄒ ㄆ ㄅ 。
　ㄛˇ ㄚ ㄡˋ ㄞˋ ㄩㄝ ㄠˋ ㄤ ㄢ

Wǒ jiā jiù zài xuéxiào pángbiān.

Wǒ jiā jiòu zài syuésiào pángbiān.

▶ <u>我家就在學校旁邊　　　　　　　　　　</u>。

三 Rearrange the following words into grammatical Chinese.

1 沒有飯館附近我家。

／ <u>我家附近沒有飯館。　　　　　　　　　</u>

2 他們說話在屋子裡呢。

／ <u>~~在屋子裡他們說話。~~　　　　　　　　</u>
　　他們在屋子裡，說話(呢)

③ 是誰的這個杯子桌子上的？

✐ 桌子上的這個杯子是誰的？

④ 有幾個人一共你家？

✐ 你家有幾個人一共？

⑤ 這裡不在我東西他的。

✐ 他的東西不在我這裡。

四 Answer the following questions.

① 學校附近有商店嗎？

▸ 學校附近有很多商店。

② 他父母在哪裡？ （的

▸ 他父母在日本家。

③ 誰在那個書房裡面？

▸ 我朋友在那個書房裡面。

④ 你在哪裡學書法？

▸ 我在教室學書法。

學校 maybe is better.

⑤ 哪裡有圖書館？

▶▶ 台大有圖書館。

⑥ 椅子底下有幾隻 (zhī / zhīh) 狗？

▶▶ 椅子底下有一隻狗。

五 Translate the following sentences into Chinese.

① My home is really far from school.

／_____

② There is nothing under the table.

／_____

③ Where do you often eat?

／_____

④ Are my clothes at your place?

／_____

⑤ All the people in front of the big building are students.

／_____

六 What would you say?

1. If you don't know where the restroom（洗ㄒㄧˇ手ㄕㄡˇ間ㄐㄧㄢ xǐshǒujiān / sǐshǒujiān）is, how would you ask?

    ✎ _____

2. If you want to know where to buy tickets（票ㄆㄧㄠˋ piào）, how would you ask?

    ✎ _____

3. If while buying something you can't quickly decide whether you want to buy it, what would you say?

    ✎ _____

4. If you want to go somewhere but don't know the distance, what would you say?

    ✎ _____

第 10 課　我到日本去了

 NEW CHARACTERS

Character & Pronunciation		Radical	Stroke Order								
到 ㄉㄠ	dào	刂(刀)	一	乙	云	至	至	至	到	到	
玩 ㄨㄢ	wán	王(玉)	一	二	千	王	玗	玕	玝	玩	
跟 ㄍㄣ	gēn	跙(足)	口	甲	문	足	趵	跟	跟	跟	
怎 ㄗㄣ	zěn	心	丿	𠂉	伍	乍	怎				
坐 ㄗㄨㄛ	zuò	土	人	从	丛	坐	坐				
飛 ㄈㄟ	fēi	飛	乙	飞	飞	飛	飛	飛	飛		
船 ㄔㄨㄢ	chuán	舟	丿	丿	力	月	月	舟	舟	舢	船
票 ㄆㄠ	piào	示	一	襾	襾	西	西	罘	票	票	
樣 ㄧㄤ	yàng	木	木	杧	栏	样	样	样	样	樣	樣
		樣									
時 ㄕ	shí	日	日	旷	旿	時	時				
候 ㄏㄡ	hòu	亻(人)	亻	伫	伫	伫	伫	伫	候	候	
回 ㄏㄨㄟ	huí	囗	冂	回	回						
來 ㄌㄞ	lái	人	一	丿	來	來	來				

Character & Pronunciation		Radical	Stroke Order							
昨 ㄗㄨㄛˊ	zuó	日	日	昤	昨	昨	昨			
晚 ㄨㄢˇ	wǎn	日	日	旷	旷	昤	晘	晩	晚	
累 ㄌㄟˋ	lèi	糸	冂	田	田	畾	累	累		
走 ㄗㄡˇ	zǒu	走	一	十	土	卡	卡	赱	走	
開 ㄎㄞ	kāi	門	卩	尸	門	門	閅	開		
停 ㄊㄧㄥˊ	tíng	亻(人)	亻	仁	佇	佇	倬	停		
從 ㄘㄨㄥˊ	cóng	彳	彳	彳	彷	徔	從	從		
午 ㄨˇ	wǔ	十	丿	𠂉	二	午				
火 ㄏㄨㄛˇ	huǒ	火	丶	丷	少	火				
公 ㄍㄨㄥ	gōng	八	丿	八	公	公				
明 ㄇㄧㄥˊ	míng	日	日	明	明	明	明			
已 ㄧˇ	yǐ	已(己)	𠃋	㇌	已					
經 ㄐㄧㄥ	jīng	糸(糸)	幺	糸	紅	紅	經	經	經	經
今 ㄐㄧㄣ	jīn	人	人	今	今					

一 Read the following sentences and add tone marks above the characters.

① 他今天早上跟朋友坐飛機到日本去了。

② 你為什麼走路去？公共汽車票不貴。

③ 聽說他已經坐船從英國回來了，玩得怎麼樣？

④ 我是昨天晚上坐火車來的，你是什麼時候來的？

⑤ 明天下午我不想開車去，開車太累，停車的地方也不好找。

二 Transcribe the following sentences into Chinese characters.

① ㄐㄧㄣ ㄊㄧㄢ ㄋㄧˇ ㄕˋ ㄗㄨㄛˋ ㄍㄨㄥ ㄍㄨㄥˋ ㄑㄧˋ ㄔㄜ ㄌㄞˊ ㄉㄜ ㄇㄚ？

Jīntiān nǐ shì zuò gōnggòngqìchē láide ma?
Jīntiān nǐ shìh zuò gōnggòngcìchē láide ma?

▶ ___今天你是坐公共汽車來的嗎？___

② ㄗㄨㄛˊ ㄊㄧㄢ ㄋㄧˇ ㄍㄣ ㄊㄚ ㄇㄣ ㄨㄢˊ ㄉㄜ ㄗㄣˇ ㄇㄜ ㄧㄤˋ？

Zuótiān nǐ gēn tāmen wánde zěnmeyàng?

▶ ___昨天你跟他們玩的怎麼樣？___
___得___

3 ㄨㄛˇ ㄏㄞˊ ㄇㄟˊ ㄔ ㄨㄢˇ ㄈㄢˋ ㄋㄜ。

Wǒ hái méi chī wǎnfàn ne.

Wǒ hái méi chīh wǎnfàn ne.

▶ 我還沒吃晚飯呢。

4 ㄋㄧˇ ㄗㄨㄛˋ ㄈㄟ ㄐㄧ ㄏㄞˊ ㄕˋ ㄗㄨㄛˋ ㄔㄨㄢˊ ㄉㄠˋ ㄖˋ ㄅㄣˇ ㄑㄩˋ?

Nǐ zuò fēijī háishì zuò chuán dào Rìběn qù?

Nǐ zuò fēijī háishìh zuò chuán dào Rìhběn cyù?

▶ 你坐飛機還是坐船到日本去?

5 ㄈㄟ ㄐㄧ ㄆㄧㄠˋ ㄊㄞˋ ㄍㄨㄟˋ, ㄨㄛˇ ㄎㄞ ㄔㄜ ㄑㄩˋ。

Fēijī piào tài guì, wǒ kāichē qù.

Fēijī piào tài guèi, wǒ kāichē cyù.

▶ 飛機票太貴,我開車去。

6 ㄊㄚ ㄧˇ ㄐㄧㄥ ㄘㄥˊ ㄓㄨㄥ ㄍㄨㄛˊ ㄏㄨㄟˊ ㄌㄞˊ ㄌㄜ。

Tā yǐjīng cóng Zhōngguó huíláile.

Tā yǐjīng cóng Jhōngguó huéiláile.

▶ 他已經從中國回來了。

巳
巳 己 已
sì jǐ yǐ

7 ㄋㄧˇ ㄇㄣ˙ ㄗㄣˇ ㄇㄜ˙ ㄑㄩˋ? ㄗㄡˇ ㄌㄨˋ ㄑㄩˋ ㄇㄚ˙?

Nǐmen zěnme qù? Zǒulù qù ma?

Nǐmen zěnme cyù? Zǒulù cyù ma?

▶ 你們怎麼去?走路去嗎?

8 ㄓㄜˋ ㄌㄧˇ ㄅㄨˋ ㄎㄜˇ ㄧˇ ㄊㄧㄥˊ ㄔㄜ 。

Zhèlǐ bùkěyǐ tíngchē.

Jhèlǐ bùkěyǐ tíngchē.

▶ 這裡不可以停車。

9 ㄊㄚ ㄇㄣ ㄇㄧㄥˊ ㄊㄧㄢ ㄒㄧㄚˋ ㄨˇ ㄧㄠˋ ㄉㄠˋ ㄨㄛˇ ㄓㄜˋ ㄌㄧˇ ㄌㄞˊ ㄨㄢˊ 。

Tāmen míngtiān xiàwǔ yào dào wǒ zhèlǐ lái wán.

Tāmen míngtiān siàwǔ yào dào wǒ jhèlǐ lái wán.

▶ 他們明天下午要到我這裡來玩。

10 ㄨㄛˇ ㄧㄡˇ ㄉㄜ˙ ㄕˊ ㄏㄡˋ ㄐㄩㄝˊ ㄉㄜ˙ ㄏㄣˇ ㄌㄟˋ 。

Wǒ yǒude shíhòu juéde hěn lèi.

Wǒ yǒude shíhhòu jyuéde hěn lèi.

▶ 我有的時候覺得很累。

三 Fill in the blanks with the appropriate characters.

1 他___坐___船___到___美國___去___。

2 張小姐是昨天___到___我家吃飯的。

3 我___從___圖書館___到___書店___去___。

4 他要___到___中國___去___學中文。

四 Change the following sentences into the 是……的 pattern.

1 他昨天晚上來了。　　　　他昨天是晚上來的。

▶▶ <u>他昨天是晚上是來的。</u>

2 李太太走路到學校去了。

▶▶ <u>李太太是走路到學校去的。</u>

3 王先生從日本回來了。

▶▶ <u>王先生是從日本回來的。</u>

4 我今天早上在圖書館看書了。

▶▶ <u>我今天早上是在圖書館看書的。</u>

5 張小姐坐公車去他家了。

▶▶ <u>張小姐是坐公車去他家的。</u>

五 Correct the errors, if any.

1 明天他沒到書店去。

　　✎ <u>今天他沒到書店去。</u>

2 你是從哪裡來了？

　　✎ <u>你是從哪裡來的？</u>

③ 張先生還沒來了。

　　　　張先生還沒來。

④ 我昨天到學校沒有去。

　　　　我昨天沒到學校去。

⑤ 李小姐昨天不教書了。

　　　　李小姐昨天沒教書。

　　　　　　　　　　95
　　　　　　　　　　12/22

六 Translate the following sentences into Chinese.

① He hasn't gone to school yet.

　　　　他還沒到學校去。

② My older brother has already returned from Japan by airplane.

　　　　我哥哥已經從日本坐飛機回來了。

③ How did Mr. Wang come to the restaurant?

　　　　王先生到餐館怎麼來了？
　　　　　是怎麼　　　的

④ Who did he go to see movie with last night?

　　　　誰昨天晚上跟他去看電影了？

⑤ I didn't study Chinese there; I studied here.

／ 我~~是~~在那裡學中文，我學中的
不是 是在這裡

七 What would you say?

① If you bump into a friend on the street and want to know where he is going, how do you ask?

／ _____

② If you hear someone has gone on a trip, what do you ask him when he comes back?

／ _____

③ What should you ask if you want to know if he went alone and what mode of transportation he used?

／ _____

④ You want to know when he returned, what do you ask?

／ _____

第 11 課　你幾點鐘下課？

NEW CHARACTERS

Character & Pronunciation		Radical	Stroke Order								
鐘 ㄓㄨㄥ	zhōng	金	ㄥ	ㄠ	牟	余	金	釒	釒	鈩	鋿
			鋿	鐘	鐘						
頭 ㄊㄡ	tóu	頁	一	豆	豆	豆	豆	頭	頭	頭	
起 ㄑㄧ	qǐ	走	土	卡	走	走	起	起	起		
刻 ㄎㄜ	kè	刂(刀)	一	亠	歺	亥	刻	刻			
馬 ㄇㄚ	mǎ	馬	丨	𠃊	馬	馬	馬				
門 ㄇㄣ	mén	門	𨳊	𨳊	門	門					
口 ㄎㄡ	kǒu	口	丨	冂	口						
等 ㄉㄥ	děng	𥫗(竹)	𥫗	竺	竿	等	等				
吧 ㄅㄚ	ba	口	口	叩	叩	吧	吧				
過 ㄍㄨㄛ	guò	辶(辵)	冂	冋	冏	冏	咼	咼	過		
床 ㄔㄨㄤ	chuáng	广	丶	亠	广	广	庌	庆	床		
差 ㄔㄚ	chà	工	丷	兰	䒑	羊	羊	差	差	差	
站 ㄓㄢ	zhàn	立	亠	亣	立	䇂	㓠	站			

Character & Pronunciation		Radical	Stroke Order							
題 ㄊㄧ	tí	頁	日	旦	早	是	是	題	題	
每 ㄇㄟˇ	měi	毋	ノ	㇀	仁	勾	每	每		
司 ㄙ	sī	口	丁	刁	司					
班 ㄅㄢ	bān	王 (玉)	二	干	王	玑	玝	班		
休 ㄒㄧㄡ	xiū	亻(人)	亻	仁	什	休				
息 ㄒㄧ	xí	心	ノ	白	白	自	自	息		
別 ㄅㄧㄝ	bíe	刂(刀)	口	尸	另	別	別			
睡 ㄕㄨㄟˋ	shuì	目	目	盰	盰	盰	睡	睡	睡	
夜 ㄧㄝˋ	yè	夕	亠	广	疒	夜	夜	夜		

一 Read the following sentences and add tone marks above the characters.

① 我每天夜裡差不多睡六個鐘頭的覺。

② 他在床上休息呢，我們等一會兒吧。

③ 現在差一刻三點，我們三點過五分去車站。

④ 我五點半下了班，在公司門口等你。

⑤ 沒問題，我跟別人先去買票。

二 Transcribe the following sentences into Chinese characters.

① ㄋㄧˇ ㄇㄣ ㄍㄨㄥ ㄙ ㄐㄧˇ ㄉㄧㄢˇ ㄓㄨㄥ ㄒㄧㄚˋ ㄅㄢ ?

Nǐmen gōngsī jǐdiǎn zhōng xiàbān?

Nǐmen gōngsīh jǐdiǎn jhōng siàbān?

▶ 你們公司幾點鐘下班？

② ㄇㄟˊ ㄨㄣˋ ㄊㄧˊ , ㄨㄛˇ ㄎㄞ ㄔㄜ ㄎㄞ ㄉㄜ ㄏㄣˇ ㄏㄠˇ 。

Méi wèntí, wǒ kāichē kāide hěn hǎo.

Méi wùntí, wǒ kāichē kāide hěn hǎo.

▶ 沒問題，我開車開得很好。

97

3. ㄨㄛˇ ㄇㄟˇ ㄊㄧㄢ ㄕㄨㄟˋ ㄅㄚ ㄍㄜˊ ㄓㄨㄥ ㄊㄡˊ ㄉㄜ ㄐㄧㄠˋ。

Wǒ měitiān shuì bāge-zhōngtóu-de jiào.

Wǒ měitiān shuèi bāge-jhōngtóu-de jiào.

➤ <u>我每天睡八個鐘頭的覺。</u>

4. ㄊㄚ ㄍㄣ ㄅㄧㄝˊ ㄖㄣˊ ㄧˋ ㄑㄧˇ ㄑㄩˋ ㄎㄢˋ ㄉㄧㄢˋ ㄧㄥˇ ㄌㄜ。

Tā gēn biérén yìqǐ qù kàn diànyǐng le.

Tā gēn biérén yìcǐ cyù kàn diànyǐng le.

➤ <u>他跟別人一起去看電影了。</u>

5. ㄨㄛˇ ㄇㄣˊ ㄗㄞˋ ㄈㄤˊ ㄐㄧㄢ ㄇㄣˊ ㄎㄡˇ ㄉㄥˇ ㄊㄚ ㄅㄚ。

Wǒmen zài fángjiān ménkǒu děng tā ba.

➤ <u>我們在房間門口等他吧。</u>

6. ㄒㄧㄢˋ ㄗㄞˋ ㄔㄚˋ ㄧˊ ㄎㄜˋ ㄐㄧㄡˇ ㄉㄧㄢˇ，ㄨㄛˇ ㄇㄚˇ ㄕㄤˋ ㄐㄧㄡˋ ㄑㄩˋ。

Xiànzài chà yíkè jiǔdiǎn, wǒ mǎshàng jiù qù.

Siànzài chà yíkè jiǒudiǎn, wǒ mǎshàng jiòu cyù.

➤ <u>現在差一刻九點，我馬上就去。</u>

7. ㄋㄧˇ ㄊㄞˋ ㄌㄟˋ ㄌㄜ，ㄒㄧㄡ ㄒㄧˊ ㄧˋ ㄏㄨㄦˇ ㄅㄚ。

Nǐ tài lèi le, xiūxí yìhuǐr ba.

Nǐ tài lèi le, siōusí yìhuěir ba.

➤ <u>你太累了，休息一會兒吧。</u>

8 ㄗㄨㄛˊ ㄊㄧㄢ ㄧㄝˋ ㄌㄧˇ ㄨㄛˇ ㄕㄨㄟˋ ㄉㄜ˙ ㄅㄨˊ ㄊㄞˋ ㄏㄠˇ 。

Zuótiān yèlǐ wǒ shuìde bútài hǎo.

Zuótiān yèlǐ wǒ shuèide bútài hǎo.

▶ 昨天夜裡我睡得不太好。

9 ㄨㄛˇ ㄇㄟˇ ㄊㄧㄢ ㄌㄧㄡˋ ㄉㄧㄢˇ ㄅㄢˋ ㄑㄧˇ ㄔㄨㄤˊ 。

Wǒ měitiān liùdiǎn-bàn qǐchuáng.

Wǒ měitiān lioudiǎn-bàn cǐchuáng.

▶ 我 每天六點半起床。

起 ㄑ

10 ㄊㄚ ㄕˊ ㄦˋ ㄉㄧㄢˇ ㄍㄨㄛˋ ㄨˇ ㄈㄣ ㄒㄧㄚˋ ㄎㄜˋ 。

Tā shíèrdiǎn guò wǔfēn xiàkè.

Tā shíhèrdiǎn guò wǔfēn siàkè.

▶ 他十二點過五分下課。

三 Answer the following questions using the time given.

1 你幾點鐘上課？（8:05）

／ 我八點零五分上課。

2 你今天什麼時候回家？（5:15）

／ 我今天五點十五分回家。

③ 你晚上幾點鐘睡覺？（10:30）

✎ 我晚上十點半睡覺。

④ 你每天看多少時候的書？（3.5 hrs）

✎ 我每天看三個半鐘頭的書。

⑤ 你每天睡覺，睡幾個鐘頭？（7 hrs）

✎ 我每天睡覺，睡七個鐘頭。

四 Write down your everyday schedule.

我每天差不多十點起床。

我每天中午上課。

我每天上了課，就回家。

我每天差不多三個小時學中文。

我每天睡覺，睡七、八個小時。

五 Transform the following sentences using the structure "S V O, V Time Span."

① 我看兩個鐘頭的電視。

✎ 我看電視，看兩個鐘頭。

② 你每天教多少時候的書？

　　你每天教書，教多少時候呢？

③ 他明天要坐一個半鐘頭的飛機。

　　他明天要坐飛機，坐一個半鐘頭。

④ 我要寫半個鐘頭的字。

　　我要寫字，寫半個鐘頭。

⑤ 我每天上五十分鐘的課。

　　我每天上課，上五十分鐘。

六 Complete the following sentences.

① 那個孩子下了課，就 回家 。

② 我媽媽 下了班 ，就回家。

③ 他每天吃了晚飯，就 洗碗 。

④ 我昨天下了班，就 去飯館吃晚飯了 。

⑤ 她 昨天洗了澡 ，就睡覺了。

96
12/28

七 Translate the following sentences into Chinese.

1 Please wait for me at the entrance of the school.

✎ _____

2 It is now about seven o'clock.

✎ _____

3 He studies about two and a half hours a day.

✎ _____

4 No problem, we can go together.

✎ _____

5 Some of us relax at home, others go to work.

✎ _____

八 What would you say?

1 If you want to know what time it is, what would you say?

✎ _____

2 If you want to know your friend's class schedule, what questions do you ask him?

✎ _____

第 12 課　我到外國去了八個多月

NEW CHARACTERS

Character & Pronunciation		Radical	Stroke Order							
月 ㄩㄝˋ	yuè	月	㇒	刀	月	月				
歐 ㄡ	ōu	欠	一	匸	匞	匿	區	區	歐	歐
洲 ㄓㄡ	zhōu	氵(水)	丶	氵	氵	氵	洲	洲		
年 ㄋㄧㄢˊ	nián	干	㇒	匕	仁	全	年			
旅 ㄌㄩˇ	lǚ	方	方	扩	扩	旅	旅	旅		
行 ㄒㄧㄥˊ	xíng	行	彳	行	行					
冬 ㄉㄨㄥ	dōng	冫(冫)	㇒	夂	夂	冬	冬			
春 ㄔㄨㄣ	chūn	日	三	丰	夫	春				
雨 ㄩˇ	yǔ	雨	一	冂	帀	雨	雨			
應 ㄧㄥ	yīng	心	广	广	府	雁	應			
該 ㄍㄞ	gāi	言	言	訂	訏	訪	該	該		
夏 ㄒㄧㄚˋ	xià	夂	一	一	百	夏				
星 ㄒㄧㄥ	xīng	日	日	旦	早	星	星			
期 ㄑㄧˊ	qí	月	一	卄	甘	其	其	期		

Character & Pronunciation		Radical	Stroke Order								
剛 ㄍㄤ	gāng	刂 (刀)	冂	冂	冈	罔	岡	岡	剛		
考 ㄎㄠˇ	kǎo	耂 (老)	土	耂	老	考					
試 ㄕˋ	shì	言	言	訁	訂	試	試				
辦 ㄅㄢˋ	bàn	辛	亠	ㅗ	立	辛	剃	勃	辦		
著 ㄓㄠ	zhāo	艹 (艸)	艹	芏	荖	著					
急 ㄐㄧˊ	jí	心	丿	勹	勹	刍	刍	急			
秋 ㄑㄧㄡ	qiū	禾	丆	禾	利	秋					
季 ㄐㄧˋ	jì	子	禾	季	季	季					
節 ㄐㄧㄝˊ	jié	竹 (竹)	竹	笁	筲	笻	節	節			
風 ㄈㄥ	fēng	風	丿	几	凡	同	凬	風	風		
景 ㄐㄧㄥˇ	jǐng	日	日	旦	景	景					
號 ㄏㄠˋ	hào	虎	口	므	号	号	號	號	號	號	
住 ㄓㄨˋ	zhù	亻 (人)	亻	个	仁	住	住				

一 Read the following sentences and add tone marks above the characters.

① 今年春天雨下得太多了，怎麼辦？

② 冬天太冷，夏天太熱，秋天是風景最好的季節。

③ 我聽說他剛從歐洲旅行回來。

④ 我們十二月十號星期一考試。
men

⑤ 別著急，那輛新車應該沒問題。

二 Transcribe the following sentences into Chinese characters.

① ㄒㄧㄚˋ ㄒㄧㄥ ㄑㄧˊ ㄨˇ ㄕˋ ㄐㄧˇ ㄩㄝˋ ㄐㄧˇ ㄏㄠˋ ？

Xià xīngqíwǔ shì jǐ yuè jǐ hào?

Sià sīngcíwǔ shìh jǐ yuè jǐ hào?

▶ ＿＿＿下星期五是幾月幾號？＿＿＿

② ㄇㄟˇ ㄋㄧㄢˊ ㄒㄧㄚˋ ㄊㄧㄢ ㄉㄠˋ ㄡ ㄓㄡ ㄑㄩˋ ㄌㄩˇ ㄒㄧㄥˊ ㄉㄜ ㄖㄣˊ ㄗㄨㄟˋ ㄉㄨㄛ 。

Měi nián xiàtiān dào Ōuzhōu qù lǚxíng de rén zuì duō.

Měi nián siàtiān dào Ōujhōu cyù lyǔsíng de rén zuèi duō.

▶ ＿＿＿每年也夏天到歐洲去旅行的人最多。＿＿＿

3 ㄉㄨㄥ ㄊㄢ ㄊㄞ ㄌㄥˇ, ㄋㄧˇ ㄧㄥ ㄍㄞ ㄔㄨㄣ ㄊㄢ ㄑㄩˋ。

Dōngtiān tài lěng, nǐ yīnggāi chūntiān qù.

Dōngtiān tài lěng, nǐ yīnggāi chūntiān cyù.

▶▶ 冬天太冷，你應該春天去。

4 ㄇㄧㄥˊ ㄊㄢ ㄧㄠˋ ㄎㄠˇ ㄕˋ, ㄙㄨㄛˇ ㄧˇ ㄊㄚ ㄏㄣˇ ㄓㄠ ㄐㄧˊ。

Míngtiān yào kǎoshì, suǒyǐ tā hěn zhāojí.

Míngtiān yào kǎoshìh, suǒyǐ tā hěn jhāojí.

▶▶ 明天要考試，所以他很著急。

5 ㄑㄧㄡ ㄊㄢ ㄕˋ ㄨㄛˇ ㄗㄨㄟˋ ㄒㄧˇ ㄏㄨㄢ ㄉㄜ ㄐㄧˋ ㄐㄧㄝˊ。

Qiūtiān shì wǒ zuì xǐhuān de jìjié.

Ciōutiān shìh wǒ zuèi sǐhuān de jìjié.

▶▶ 秋天是我最喜歡的季節。

6 ㄓㄜˋ ㄌㄧㄤˋ ㄑㄧ ㄔㄜ ㄕˋ ㄨㄛˇ ㄍㄤ ㄇㄞˇ ㄉㄜ。

Zhèiliàng qìchē shì wǒ gāng mǎi de.

Jhèiliàng cìchē shìh wǒ gāng mǎi de.

▶▶ 這輛汽車是我剛買的。

7 ㄋㄚˋ ㄌㄧˇ ㄉㄜ ㄔㄨㄣ ㄊㄢ ㄈㄥ ㄐㄧㄥˇ ㄗㄨㄟˋ ㄇㄟˇ, ㄧㄝˇ ㄅㄨˋ ㄔㄤˊ ㄒㄧㄚˋ ㄩˇ。

Nàlǐ de chūntiān fēngjǐng zuì měi, yě bùcháng xiàyǔ.

Nàlǐ de chūntiān fōngjǐng zuèi měi, yě bùcháng siàyǔ.

▶▶ 那裡的春天風景最美，也不常下雨。

8　ㄒㄚˋ ㄒㄧㄥ ㄑㄧˊ ㄧㄠˋ ㄎㄠˇ ㄕˋ，ㄒㄧㄢˋ ㄗㄞˋ ㄨㄛˇ ㄧㄥ ㄍㄞ ㄑㄩˋ ㄊㄨˊ ㄕㄨ ㄍㄨㄢˇ。

Xià xīngqí yào kǎoshì, xiànzài wǒ yīnggāi qù túshūguǎn.

Sià sīngcí yào kǎoshìh, siànzài wǒ yīnggāi cyù túshūguǎn.

▶ ___下星期要考試，現在我應該去圖書館。___

9　ㄨㄛˇ ㄒㄧ ㄏㄨㄢ ㄌㄩˇ ㄒㄧㄥˊ，ㄎㄜˇ ㄕˋ ㄇㄟˊ ㄧㄡˇ ㄑㄧㄢˊ，ㄗㄣˇ ㄇㄜ˙ ㄅㄢˋ？

Wǒ xǐhuān lǚxíng, kěshì méiyǒu qián, zěnmebàn?

Wǒ sǐhuān lyǔsíng, kěshìh méiyǒu cián, zěnmebàn?

▶ ___我喜歡旅行，可是沒有錢，怎麼辦？___

10　ㄋㄧˇ ㄗㄞˋ ㄡ ㄓㄡ ㄓㄨˋ ㄌㄜ˙ ㄐㄧˇ ㄋㄧㄢˊ？

Nǐ zài Ōuzhōu zhùle jǐnián?

Nǐ zài Ōujhōu jhùle jǐnián?

▶ ___你在歐洲住了幾年？___

三　Describe the weather of the area in which you live.

十月去
你應該覺台北旅行處，因為下雨很少。不常

日本有四個季節。

(在日本的夏天有很多下雨日，因為台風會來。常　有颱

(在日本的冬天，有的地方比方說北海道很冷，

可是有的地方比方說沖繩不大冷。

(在沖繩和在台北的天氣差不多一樣。

四 Answer the following questions.

1. 你是哪年上大學的？

   ▶ 我是四年上大學的。

   2002? 2018.

2. 你們什麼時候考試？

   ▶ 我們明天要考試。

3. 你星期幾上中文課？

   ▶ 我星期一上中文課。

4. 你喜歡幾月去旅行？

   ▶ 我喜歡七月去旅行。

5. 你們是上星期幾去看電影的？

   ▶ 我們是上星期三去看電影的。

五 Complete the following sentences.

1. 我寫了五十個中國字了，還要寫中國字_____。

2. 他喝了四杯酒了，還想喝酒_____。

3. 我已經去了三個地方了，還得去別的地方_____。

④ 我問了兩個人了，還要問別人_____。

⑤ 我們唱了十分鐘了，還要唱兩首_____。

六 Transform the following sentences into the "S V 了 Time Span 的 O （了）" pattern.

① 我畫畫，畫了兩天了。

我畫了兩天的畫了。

② 他學中文，學了一年。

他學了一年的中文。

③ 他們買東西，買了半個鐘頭了。

他們買了半個鐘頭的東西了。

④ 爸爸開車，開了十年了。

爸爸開了十年車了。

⑤ 他們看電影，看了兩個鐘頭。

他們看了兩個鐘頭的電影。

七 Translate the following sentences into Chinese.

1 What is the month and date today?

/ _____

2 I heard he just went to France.

/ _____

3 Long time no see; where did you go?

/ _____

4 He already bought quite a few things; he still wants to buy two (more).

/ _____

5 You should rest for half an hour.

/ _____

八　What would you say?

1　Your friend has returned from a trip, you want to ask him how long he was gone and how the weather was. What do you ask?

✎ _____

2　If you are not sure when your school is having a test and what the test covers, how would you ask your classmate?

✎ _____

《新版實用視聽華語》學生作業簿（一）

作　　者◎王淑美‧盧翠英‧陳夜寧
顧　　問◎葉德明‧曹逢甫
主　　編◎謝佳玲
編修委員◎王淑美‧盧翠英‧竺靜華
封面設計◎斐類設計
排版設計◎菩薩蠻
著作財產權人◎教育部
地　　址◎(100)台北市中正區中山南路5號
電　　話◎(02)7736-6666
傳　　真◎(02)3343-7994
網　　址◎http://www.edu.tw

發 行 人◎陳秋蓉
出版發行◎正中書局股份有限公司
地　　址◎(231)新北市新店區復興路43號4樓
電　　話◎(02)8667-6565
傳　　真◎(02)2218-5172
郵政劃撥◎0009914-5
網　　址◎http://www.ccbc.com.tw
　　　　　E-mail:service@ccbc.com.tw
門 市 部◎(231)新北市新店區復興路43號4樓
電　　話◎(02)8667-6565
傳　　真◎(02)2218-5172

政府出版品展售處
教育部員工消費合作社
地　　址◎(100)台北市中正區中山南路5號
電　　話◎(02)2356-6054
五南文化廣場
地　　址◎(400)台中市中山路6號
電　　話◎(04)2226-0330#20、21
國立教育資料館
地　　址◎(106)台北市大安區和平東路一段181號
電　　話◎(02)2351-9090#125

出版日期◎西元2017年9月三版1刷 (10789)
　　　　　西元2022年11月三版5刷
EAN 4711605480208
定價／200元